纵身一跳

[德] 达尼艾拉·克里恩 著
李士勋 译

北 京 出 版 集 团
北京十月文艺出版社

目录

宝拉

宝拉确认幸福的一天是3月的那个星期日。

下雨了。雨从夜里就开始下，到现在一直没停。9点钟，宝拉醒来的时候，雨点仍然噼啪、噼啪地打着卧室的斜窗。她转身侧向一边，把被子拉到下巴。夜里她一次都没醒。她也想不起来做过的那些梦了。

她感到口干，她记得，头天晚上脑袋有些沉重。文策尔做的饭，此外他开了一瓶法国葡萄酒。后来他们紧挨着坐在沙发上听音乐——有马勒的大地之歌、贝多芬最后的钢琴奏鸣曲、舒伯特的谣曲，布拉姆斯和门德尔松。他们在油管上搜索各种不同的说明，进行互相比较，当他们的观点一致时，他们会像孩子一样快乐。

宝拉本想留在他那儿和他一起过夜，但她说，药忘在家里了。氢化可的松在她的手包里。还缺牙刷和洗面奶。文策尔认为这些东西都不重要，劝她留下。

夜里两点，她上了一辆出租车。文策尔站在楼前，直到汽车拐了弯。

她抓过床边的瓶装水，喝了，然后打开手机，阅读他的信息。早晨好，亲爱的。我的第一个念头始终是你。每天早晨和晚上都有一次问候。十个月来，没有例外。

文策尔喜欢莱尼，莱尼也喜欢文策尔。

在他们第一次相遇时，他在几秒钟之内就用一幅她的面部速写给她留下了深刻印象。相似度惊人，而莱尼想要更多，为的是能在学校里以此炫耀。

宝拉看了看表。到莱尼放学回来还有九个小时。那时她将扔下自己的东西，咕哝一句哈啰并进入自己的房间，或者提交一篇没有标点符号的周末报告，包括她的同父异母兄弟姐妹的照片和关于菲丽帕的烹调艺术的狂想。

在回复文策尔早晨的问候时，她想他了。

早晨，她的最大兴趣在他身上。在厨房，她一边煮咖啡，一边给他写了条明确的信息。

自从有了文策尔，她在周末就更不惦记莱尼了。她能做什么呢？莱尼已经不再是孩子了。早晨她对着镜子练习各种不同的微笑，在裤子上剪几个窟窿，穿T恤衫，假装不是有意地让它从肩膀上滑下来，使用唇彩，向7-b班课堂聊天群发送信息，大都是些表情符号和缩写。她说话滔滔不绝，只有在攻击性的沉默中才会稍作停顿。她能单独对付夜里的梦魇，宝拉已经很久没有看见她的女儿光着身子了。甚至在某一天早晨，当莱尼询问十三岁乳房会不会有下垂时那一次她也没看见。她端详着自己的乳房并确认她可能会有这样的形状。然后，她用右手在空中画了一个可笑而又过分的形状，用左臂把乳房挤上去。在宝拉回答之前，莱尼就指责她遗传给她的全是最坏的东西，雀斑和浅色皮肤、红头发、骨感的膝盖、近视和在物理化学课上理解迟钝。

遗传是偶然，不用说对不起。宝拉解释说，同时抚摸着女儿的头发。但是，莱尼转身跑了出去并把门撞上了。不一会儿，她又回来了，投入宝拉的怀抱，好像是为了缓和一下最近的疏远似的。

像先前那样，天还在下雨。宝拉榨了一杯橙汁，为咖啡打了杯牛奶沫。桌上的花瓶里插着一束郁金香。

一年前，面对这样漫长的一天她曾经感到恐慌。她会开始打扫卫生或者洗洗涮涮，可能会去慢跑或者去看电影，可能给尤蒂特打电话，约她一起去骑马。做什么都无所谓，重要的是她要有事干。因为不这样做，她就会感到魔鬼到来，并在后面追赶她。

* * *

自从与卢德格分居，她常常问自己那是什么时候终结的。到底是什么时候失控的？

约翰娜的死是一个决定性的破裂。但随着时间的流逝，她追溯并确定自己在其他事情上失败的日期越来越提前了，直到不能再继续追溯为止。

一切都开始于一个节日。

南城的一个生态商店开张时，宝拉和尤蒂特偶然从那儿经过。她们去了湖边，裸体躺在阳光里，互为对方抹防晒油，一块儿吃冰激凌，吸引别人的眼球。她们对自己产生的效果很满意，接着就骑车回城了。她们经过野生动物公园，穿过奥瓦尔德树林，这时候，黏糊糊的热气仍悬在空中。

她们老远就看见了气球、商店前面装满鲜花的木桶和人群。她们想喝冷饮，所以就停了下来。

当她们走进商店时，卢德格正站在大门旁边不远处。宝拉一眼就看到了他。后来他说，他也从眼角发现了她，然后就一直盯着她。宝拉穿着草绿色的无背带连衣裙，戴着一顶太阳帽，帽子下面红色的鬈发披散下来。

外面火烧火燎的，空中散发着汽车尾气和椴树花的气味，每一丝微风都将臭中带甜的混合气味吹进商店。卢德格穿着一件亚麻布衬衫。他的头发是金黄的，眼睛是蓝的。他不是征服者。

稍后，她们离开了节日庆典。她们推着自己的自行车并肩而行，闲聊着。

卢德格一而再，再而三地向她看过去，但他并没有承受住她的目光。当她的目光更长久地盯着他时，他就站住不动了。

像宝拉一样，他也在寻找有阴凉的路。

在河岸边，他有意无意地触碰着她的胳膊。

晚霞中，她在一张公园长椅上亲吻了他。

*

第一周他们每天见面。

开始是在克拉拉公园的一棵橡树下。宝拉总是提前到，看着他骑着自己的单车在路上拐过弯，从老远就向他打招呼。每次重逢，起初都稍稍有点儿矜持，但这种矜持在第一个亲吻之后就消失了。

从那棵树出发，他们开始散步，穿过公园和毗邻的城市小区。宝拉喜欢他歪着脑袋看她时眼里放光的样子。她也喜欢他那低沉的声音和安静的讲述。他的运动欲望感染了她，他关于生物栽培、自给自足的生活和动植物方面的知识给她留下深刻印象。

卢德格经常到书店来看她。

有时候，当他乘滚动电梯上来到纯文学部时，她会首先看见他的脑袋。有时候，当她忙着整理图书或者寄出订货时，他会给她一个惊喜。然后，他会不引人注目地抚摸一下她的手或者她的胳膊，她会向他转过身来，为女同事们注意到他多么帅而心中暗喜。

他们共同度过的那些夜晚是在他那儿。他在她与尤蒂特合租的房屋里只住过一夜。他们三个人一起吃了比萨，喝了红葡萄酒。每个话题卢德格都会拐弯抹角地绕到他的专业——人类会留下生物的足迹，人们以为这可能非常微不足道。为了深入主题，他一再打断尤蒂特的话，纠正她不精确的说法。

宝拉看见了女友来回晃动着的脚和嘴巴周围紧绷的表情，知道她什么意思。

第二天，尤蒂特走进她的房间，两手抱着一摞医学专业书，对宝拉解释说，在马上就要进行的毕业考试之前，她需要安静，所以卢德格暂时不要再来了比较好。

*

夜里他们紧挨着躺在一起。

他总是触碰她的手或脚。宝拉则抚摸他的背，同时数着对面教堂里的钟声。如果到早晨还有足够长的时间，她会把自己的手放在他的腿中间。

她不在意他们一起躺着的方式，卢德格对所有她抚摸的地方都叫作这个。这个你喜欢吗？这个你要吗？当她第一次用舌头侦察他的那些不可言说的部位时，他有些畏缩，对此她也不感到惊奇。最后他还是容许了。他完全安静地躺在那儿，两臂交叉着放在脸上。

然后他们就放开了。

卢德格讲了他父母亲的死。最后，当他讲到他们怎样被一辆大卡车轧扁的时候，他的声音沙哑了。那是在他们来看他的路上。几天前他获得了建筑学硕士学位。

宝拉吻了他的肩膀和脖子，他把头靠在她的胸上。

*

他们认识几个月之后，卢德格请她去他的单位。他说话有些激动，但又不想泄露个中原因。当宝拉出现在布里克曼&克罗恩公司的时候，布里克曼兄弟同时在椅子上转过身不怀好意地笑了起来。卢德格低着头，牵起宝拉的手，拉着她走进会客室。

桌子上摊开着一张房屋平面图。那是一个屋顶有四米高、居住面积有三百平方米的阁楼。连口气都没有喘，他就向她宣布屋子的结构，吧台应该摆放在什么地方，楼梯应该通向敞开的回廊，为什么整个空间里甚至没有隔断的房间。他被一种特别的热情牵引着，最后好像顺便提及似的宣布：我们将住在这儿。

宝拉没有说话。为了理解这一切，她需要一点儿时间。

她突然想起来，他多么经常地提到教堂对面的房屋令人沮丧。卢德格不想每天被迫想到像他称呼的那些基督徒，曾经为他们的上帝建造了多么令人敬畏的建筑。

对此你有什么话要说吗？他问，你高兴吗？

第二天，他们骑自行车去看房。他们在公园的橡树下见面。他们戴着帽子、围巾来到一个宝拉很少迷路的小区，卢德格预言这儿的房价很快会上涨。那个阁楼位于一条石块路的大街上，两旁有树，能看见运河，房子像一个火车站候车厅那么大。附近不仅没有教堂，其他建筑物也不很多。她面前的墙壁还没有粉刷，里面很冷，她的第一个冲动是尽快离开这儿。

卢德格在地上摊开平面图。他迈开腿，步测墙壁和窗户的长度，开始写在图纸上。宝拉已经看见厨房设备摆在一个木头平台上，感到了脚下通道上的木板。顺着楼梯上去是卧室区，她靠在回廊的栏杆上，看着整个空间。

*

与尤蒂特的告别使她感到沉重。

她们住在一起已经五年了，相处得很好。此外，她觉得再没有如此亲近的人了。在婴儿时期，她们就躺在几乎相同的儿童车里由自己的母亲并排着推来推去，她们进了同一个托儿所，同一个幼儿园，同一所小学。她们一起接受了坚信礼，同年同月来了月经。她们俩十八岁那年离开古老的小城瑙姆堡。尤蒂特去了莱比锡学医，宝拉去了雷根斯堡学习图书出版发行。

在搬家的时候，尤蒂特没有伸手帮忙，只是碍手碍脚地闲站着。她默默地倾听着大家对宝拉新居的赞美，在最后一个箱子从卡车上抬下来之前，她就向宝拉告别了。

*

在他们同居的第一个月里，卢德格只有一个话题——城市中心的一个装修改造计划。这涉及一座17世纪的房屋。虽然已经进行过改造，但潮湿和发霉现象依旧。最初接受委托的建筑师被解雇了，他们的新预算比最初报价的上限多出好几倍。卢德格利用了这个机会。他提出了一个没有人会报出的最低价。那个报价如此低，甚至引起了猜疑。解决办法听起来太好了，好得令人难以置信。

这种方法的发明人是修复师黑宁·格罗斯施密特，他曾经尝试过根据热量分布原则对许多宫殿和博物馆进行恒温处理。卢德格是他的学生。他多次上过格罗斯施密特的讨论课。

取代一般暖气片的办法是在外墙泥灰下面铺设暖气管。均匀的、对所有层面发生影响的热量结束了潮湿和发霉的问题。室内温度得到改善，空气质量得到提高，热能消耗以及维修费用微不足道。

甚至在吃晚饭的时候他也展开图纸，向宝拉解释，暖气管要铺设在泥灰下面多深的地方，用什么样的材料，在哪些建筑物上已经成功地使用了这种方法。恒温处理这个词语从他的口中说出来几乎充满敬畏，对即将到来的婚礼计划他都没有表现出同样的热情。

卢德格拒绝了教堂婚礼，宝拉顺从了。委曲求全、创造和谐的感觉是对的。卢德格邀请了布里克曼兄弟公司的全部女同事和帮助搬家的所有男同事。他的亲戚一个没请。他的联系人限制在同事、委托人和工匠范围。

宝拉负责安排婚宴，包括选择饮料、设计请帖和室内布置。卢德格想参与意见的只有音乐。

他们俩一起坐到半夜。卢德格一张又一张地寻找着爵士乐唱片，同时抽着烟，有时候轻轻地哼着，当宝拉喝了第二杯葡萄酒之后即兴跳起舞来的时候，他盯住她看。他表现出的那种典型的不知所措，这期间宝拉已经熟悉。

他低着头，耸着肩，啤酒瓶挨着嘴唇，坐在那儿看着。他的目光跟着她移动。

当宝拉坐到他的腿上时，他把酒瓶放到旁边，两只胳膊揽住她的腰，开始亲吻她。紧接着他推开她，站了起来。他绷紧身子，扫视了一下周围，热情地宣布，在这个住宅里恒温处理是最好的解决办法。

没有人会像他希望成为的样子。

宝拉希望，也许时间会弥合愿望和真实之间的鸿沟。

* * *

吃完早餐，她穿着睡衣走到阳台，下楼来到花园里。在这座城里，这儿是宝拉的第五个住处；她终于感到舒适了。

在共有的花园里，藏红花和雪莲花正开放，一道高墙把他们家的花园与邻居家的花园隔开。在宝拉和莱尼楼下住着一个两孩之家，房屋底层住着一对老年夫妇。大多数时候他们都能和睦相处。唯有花园偶尔会引起争执。老年夫妇要求秩序井然，另一个家庭随心所欲，毫无计划地种植却少有成功，他们之间时有冲突。然而，总的来说，他们还是互相尊重的，每年夏天会一块儿庆祝一次。

宝拉在阳台上慢慢地从这头走到那头，阳台很长，延伸三个房间，每个房间都有一个阳台门。雨慢慢地减弱下来了，文策尔还没有回复她。也许他正在画室里工作，也许他还没看见她的信息，也许他正在来她这儿的路上。他会来的，这一点她不怀疑。

她的双手在阳台栏杆上移动着，她意识到手臂、双手的动作，然后是呼吸，她不得不努力感觉自己身体的事实。身体并没有把疼痛、静止或者过度的精疲力竭强加给自己。她不再把看起来理所当然的事情看作理所当然已经很久了。

在她与卢德格的婚姻期间，她憧憬着模糊不清的未来，约翰娜死后，她的目光瞄准的是超清晰的过去。这时候，她听见了门铃声并向房门跑去。

文策尔手里拿着偷来的鲜花。那是他在经过罗森塔尔的路上发现的。他们把花分别插进宝拉屋里的小花瓶里。

他把渐渐稀疏的头发修短了。文策尔是第一个没有试图塑造她的男人，第一个有时候只关心她的兴趣的男人，第一个她没有介绍给自己父母亲的男人。

她拉着他的手，和他一起走进卧室。

他缓慢地给她脱衣服，命令她趴下，用手指生硬地从脖子向下滑动，一直滑到大腿并把两腿分开，她短暂地感到自己想起了那种已经被封闭在心里的东西。然后，她给他讲了自己男人的事情。给他讲了她已经走了多远，哪些事情是她允许的，只是为了感觉另一种痛苦。那种痛苦，压倒了仿佛被释放的魔鬼在她心中发怒一般的悲哀。她边讲边流泪，她为此感到羞耻，虽然她感到羞耻，但还是高兴的，她想被征服，以便让自己有几个小时忘却孩子的死。当她停止讲述的时候，他开始吻她，他用嘴唇跟着他的手指一路吻去。

* * *

在婚礼的早晨，他们被一阵噪声唤醒。窗户整夜地敞开着。一只小鸟飞了进来，惊慌失措地在灯和家具之间转着圈飞。它飞向玻璃窗，跌落在地，重新飞起来后，仍然找不到飞出去的路。

宝拉从床上跳下来。她打开所有的窗户。她的心安定下来了。每当鸟儿撞到窗玻璃上，她都会大吃一惊。卢德格帮助她，和她一起在巨大的房间里轰赶，但却是白费力气。鸟儿找不到出口。天还早，早晨沐浴在玫瑰色的霞光里。鸟儿在地板上休息，他们决定等。

回到床上，卢德格移过来紧挨着她。他用一只胳膊揽住她，把脑袋埋在她的头发里。他的手指在她的肚子上探索着。当一阵哆嗦掠过她的全身时，他的动作停下来了。不一会儿他又睡着了。

正当她的手指在自己张开的大腿之间滑动时，她听见了拍打翅膀的声音和短促的尖叫声。她小心翼翼地从他怀中挣脱出来。她趴在床上，把脸埋进枕头。

后来闹钟的铃声让她跳起来。她立刻起床并在屋里寻找。那只鸟儿已经飞走了。

*

从蜜月旅行归来，宝拉感到精疲力竭，他们的蜜月是在弗格森地区的漫游中度过的。他们从圣奥迪尔，经过十字路隘口到达凯瑟斯堡，然后向南进入自然保护区，在持续变化不定的天气里——根据宝拉的评价——他们冒着生命危险爬上爬下。有时候，他们一前一后，几个小时不说一句话，因为小路很窄，说话消耗体力。然后他们会并肩而行，勾画着未来。

他们走了很久，没碰到一个人。他们在太阳晒热的岩石上，在城堡废墟上和旧战场的工事上野餐。

一旦安顿下来，卢德格就打开地图。他有几种不同比例的地图，总是能精确地指给宝拉看他们现在所在的位置。他们吃面包、奶酪和苹果的时候，他会给她讲述下面几个小时要走的路线。他对精确标有羊肠小道的漫游地图怀着无限的热情。

在费尔莫斯奥山，他们与别的漫游者一起住在有很多床铺的大房间里。在十天的旅行中，他们只有第一天和最后一天住在有浴室和双人床的旅馆里。只有那两夜他们俩睡在一起。卢德格有个蜷成一团并把头藏在她胸前睡觉的坏习惯。他最喜欢这样入睡。因为那种姿势使宝拉无法入睡，所以她会小心翼翼地转过身，而他会紧追不舍。一旦她的身体脱离接触，即使他睡得很深沉，也仍然会移上来。这时候，宝拉只好在床的一侧站起来，然后到另一侧重新躺下。尽管如此，她还是喜欢他这种对肉体之爱的确认。

*

在她旅行归来的第一个工作日，同事问候她时使用了她的新姓——宝拉·克罗恩。玛丽昂和她一起在纯文学部工作，快下班时，她大声告诉宝拉，你丈夫来了！她站起来，微笑着。

这是那种事后不会使她耿耿于怀的许多瞬间之一。

卢德格穿着牛仔裤和亚麻布衬衫站在摆满新出版物的桌子前，向她打招呼。她感到骄傲，但她好像说不出为什么。

*

荷尔蒙的面纱揭开了。

有好几个晚上，阁楼里只有宝拉一个人。当她打开面向运河的窗户时，一股脏水的腐臭味涌进来，她立刻关上窗户，变得极其平静。她自己的声音在巨大的空间里回荡。那是没有隔断的大房间，中间只有一个立方体，那里面是浴室。

每天晚上她都等着卢德格回家。恒温处理的任务要求他不能像任何别的计划那样，他经常回来得很晚。在等候的时间里，她做饭或者读书，打电话或者站在窗前，她永远不会忘记，所有这些行为都只是为了克服一种紧张状态，直到听见钥匙在锁孔里转动的噪声，那种状态才会结束。宝拉问自己，这是不是真正的家，里面空荡荡的。

鸟儿常常误入阁楼。不是所有的鸟儿都能找到出口。有一天，她看见一只翅膀受伤的鸽子蹲在餐桌旁边的地上。一只死麻雀躺在它飞进来的那扇窗户下面。

从此以后窗户就被关上了。

*

每个星期日他们都在电报机咖啡馆吃早餐。

卢德格读法兰克福汇报和新苏黎世报，宝拉读明镜周刊和时代报。

他们在萨尔河与穆尔德河岸边的自行车道上骑车漫

游，看展览，看电影，为选择电影发生争执。卢德格优先选择纪录片，宝拉优先选择艺术家传记片。卢德格指责宝拉实际上可能一天也不能忍受格奥尔格·特拉克尔的生活，卡米尔·克劳德尔的生活不会忍受一周。她指责他把一切都看得那么严肃，没有幽默，缺乏轻松，而他纠正道，恰恰是这种轻松，这种无忧无虑导致世界毁灭。

他们争论那些他们曾经不相信人们可能会争论的东西。在骑车的时候，他骑得比她快。他不回头看她。红绿灯变换的时候，他会飞快地闯过去，过去后继续向前骑，这时候宝拉还在等着变绿灯。路段也是他确定的。从城里每一个可爱的点到每一个目的地，他都熟悉最佳路线。宝拉的抗议最晚在他看随身携带的地图时爆发出来。

有时候，她故意落在后面并且走自己的路。她知道这会使他多么生气，她也知道，有时候和解会发生在床上。

每当卢德格发怒的时候，他就不能控制自己身体的力量，性行为就比平时更不受约束。那些夜晚使宝拉有所期待。在另外的夜晚，她清醒地躺着，从他的怀中转过身去，不知道自己的兴趣去了哪里。

*

从阁楼里搬出去是宝拉实施的第一个决定。

那是不够理性的。租金涨了。卢德格陷入危机。

虽然成功，但他接不到其他恒温处理的任务。他觉得好像已经那么近地接近了自己的目标。布里克曼&克罗恩公司可能很快因此而出名，成为生态学建筑领域最好的建筑公司。他拒绝了其他有利可图的任务，并与布里克曼兄弟争吵起来。

就在这个时刻，她肚子里的孩子已经有八厘米长了。他把大拇指含在嘴里，脐带在手指缝里，胎动活跃。

超声图像放在他们之间的桌子上。宝拉哭了。她说着并祈祷着。*墙壁和房间！*卢德格重复道，同时摇着头。床，三个人睡足够大，阁楼对一个小孩子来说很理想。可以摆放各种玩具。童车、蹦蹦床和秋千——她还想要什么呢？

宝拉站起来，擦掉眼泪，把超声图像装进包里。

在接下来的几个月里，她穿着瞪羚牌运动鞋，骑车东南西北地穿过这座城市。她打电话给房屋中介和私人出租者，看了几处房，预选了卢德格头天晚上放在她面前的房子。

接下来的问题是房子在市区，卢德格觉得不合适，他不能接受没有树的街道和正在装修的房子，也不能接受与那些据说没有同情心的人为邻，卢德格觉得那样无法生活。他拒绝和那些律师、税务顾问或者房地产经纪人成为邻居。他恨他们的SUV（运动型多用途汽车），他们从车上居高临下地看人，他们使优先行驶权失效，并在第二排停车。他们的地位的象征使他感到恐惧，他们甚至申请把树砍掉以便增加新的停车位，他们缺乏真正的生活意识。

有一天，他们站在一套半装修的四室一厅房屋的阳台上，望着南边的奥瓦尔德树林，卢德格终于同意了，宝拉却不高兴。野韭菜的霉湿味道使她感到恶心。她靠着阳台的栏杆，闭上了眼睛。

房屋在后面一栋楼上。听不见汽车的噪声和有轨电车的轰隆声，只能看见绿色的树冠，听见鸟儿的叫声。骑车十分钟可到市内，差不多可以同样快地到达各自的工作地点。楼道里摆满了自行车，无论从哪边的窗户向外看都看不见汽车。完美。

搬家那天，宝拉只能看着并指挥帮忙的人。离预产期还有四周。她的腿有些疼，鞋子挤压着肿胀的脚。她感到胃里灼热，说不出来的疲倦。她觉得最好像一只蜗牛那样缩回自己的壳里。

然而，那天晚上，在乱七八糟的纸箱子、行李箱和拆散的家具中间，只有那张床还在原来的位置上。最后宝拉躺下时想起那些不眠之夜和她肚子里还没有名字的孩子。

孩子比预产期提前两周生下来了，就生在这张床上。在家里生孩子是卢德格的主意。在汉诺威的一家诊所里工作的尤蒂特，对宝拉隐瞒了他的这个打算。她知道女友的看法。中世纪，她可能会说，完全神经错乱了才会这样想。

她用如有必要医生几分钟之内就会到达的确定性安慰自己的恐惧。她的女同事也支持她在家里分娩的决定。多重抗药性的故事在到处传播。医院并不比自己家里更安全。

现在她跪在床前，望着头上。一个赤裸的白炽灯泡悬挂在一根电线上。灯必须接上电源，还得搬过来一个架子。她打电话之后已经二十分钟过去了。乘出租车回来吧。她已经不抱很大希望地说道。可是，正如她估计的那样，卢德格还是骑自行车回来的。她听见钥匙在锁孔里转动的声音，听见过道里的脚步声和包被扔在地上的噪声，然后——她就什么也听不见了。一阵疼痛掠过全身，她感到后背和小腹在收缩。

在接下来的九个小时中，卢德格不停地出来进去。一会儿跪在她旁边，一会儿躺在她旁边，握着她的手，给她擦额头上的汗。

*束头发的皮筋！*她喊道。*关闭音乐！关窗！*她命令道。当助产士终于允许她使劲的时候，她早已连说话的气力都没有了。

然而，细节很快变得模糊，疼痛也很快被忘却。助产士把婴儿放在宝拉的肚子上，当宝拉看到婴儿是个女孩时，她微笑着躺到了枕头上。卢德格剪掉脐带。不一会儿，莱尼·安东丽娅·克罗恩就在宝拉的乳房上吸吮起来。

*

卢德格待在家里已经三周了。

在这三周里，他、她和莱尼就是整个世界。即使在喂奶的时候，他也躺在她们旁边。必须去外面时，他会尽可能快。他们就像一个力场，一方离开了封闭的圆环，力马上消失。

助产士告别时发现这种力非常罕见地伴随着一个家庭，其中一切都那么顺利。

在共处的最后一天，他们在黎明时分就起床了。宝拉总是喜欢躺着。夜里，她每两个小时喂一次奶。她感到非常疲倦，连上厕所都感到太累。

公园里空荡荡的。草地上晨雾弥漫。已经可以感觉到秋凉了。他们走到早先总是在这里碰头的橡树下，卢德格放下背包，掏出十字镐和铁锹，开始挖坑。十字镐碰到树根被反弹了回来，而且差一点儿碰到他自己的头。他换了一个地方挖。莱尼开始哭起来。她被裹得严严实实地躺在童车里，两只小胳膊胡乱摆动着。她的号哭撕开了早晨的宁静。宝拉来来回回摇晃着小车。一个骑自行车的人一闪而过。路上的人很快多了起来，骑自行车的、慢跑的和遛狗的。她慢慢地与卢德格拉开几米远的距离。看起来，好像他们不是一家人，她确实像一个路人。

大约十分钟后，卢德格挖了一个足有三十厘米深的坑。他再次把手伸进背包，从一个塑料袋里掏出了解冻的胎盘，在手里捧了几分钟，最后把它放进坑里。然后，他举起一只胳膊向宝拉招了招手。

他的手是潮湿的，宝拉觉得嘴里有一股甜丝丝的味道。

当那个坑被重新填平的时候，莱尼还在号哭。宝拉转身把小车缓缓地推过草地来到路上。她只回头看了一眼。一条大狗目标明确地向着绿油油的草地上揭开新土的那个地方跑去。

但她在狗跑到胎盘墓穴之前已经转过身去。

*

一个人带孩子，一切都不同了。

她的生活节奏跟着婴儿吃奶和睡觉的需要。她觉得自己的身体是陌生的。乳房属于莱尼，四肢是沉重的，头发没了光泽，她的肚子只能慢慢地恢复到原来的形状。

每当卢德格回到家里时，他的眼睛只在女儿身上。宝拉抱着她，他问也不问就伸手从她怀里抱过女儿。爸爸在工地上。然后他说。或者说，爸爸接到一个新的活儿了。然后，他就会向莱尼解释，为什么低热量的房屋会发霉，黏土建筑板的优点和他想怎样说服委托人，以及适合种植什么草和草本植物，如何用堆土进行屋顶绿化。

晚上他忙得很。他弄哪儿，哪儿就变漂亮。他自己打造并装上照明的储藏室里的架子，过道里他设计的衣架、古怪的灯——全都以完美的方式表现着不完美。

每当他完成一件什么，他就大声喊她。然后她就过来夸奖他，他的手在寻找她的手。

直到后来在床上，当莱尼躺在他们中间，他目不转睛地盯着她的时候，宝拉才感到不舒服。他眼里的温柔只对孩子有效。孩子的每个微小的声响都令他着迷。

她为自己感觉到的东西感到羞耻。但他的抚摸让她感到厌恶。

*

现在，只要可能，她就会和尤蒂特见面，她又回到莱比锡并开始她的专业培训。

宝拉喜欢这些时辰。和尤蒂特在一起，她是善于应对的，讽刺的，自信的。但是，与尤蒂特相处的时间越久，她就越觉得难以适应了。在这位女友面前隐瞒真相越来越困难了。

在那些夜里她老是醒来，因为她的心跳得太快，但她什么也没讲。闭口不谈那些她觉得看起来一切都是虚假的瞬间，仿佛那是一些无法弥补的错误。不讲卢德格已经几个月不和她睡觉了。在分娩之前，孩子在肚子里，分娩之后，孩子在床上。早晨一个匆匆的吻，晚上一个短暂的拥抱。中间什么事儿也没有。

在那几周里，卢德格经常说他多么幸福。宝拉觉得那些话就像为这种幸福支付她的价格。好像他靠她生活似的。他获得的动力越多，她就越觉得自己软弱。他越着魔似的制订各种计划，她就越觉得没有动力。

那个时期，他留起了胡子，停止吃肉和消灭害虫。他安装了水过滤网并买了一个粉碎机。他开始把工资中的大部分捐给动物保护组织和人权协会，并计划把他的银行账户转到一家道德银行。他行动的理由简单得像真的那样：因为做正确的事情不可能是错的。

许多晚上，他思考的全是他们应该如何生活，他们怎样才能留下更少的足迹。宝拉和他一起坐在桌边。她是一个默默的、偶尔点点头的倾听者。

同时，他对世界和人类的烦恼在增加。为了去咖啡馆，他会把耳塞装进兜里。别人的私生活碎片、强迫分享陌生人的生活都让他无法忍受。在他紧张的面部表情里，宝拉看出了他的厌恶。

其实她分享了他的观点。她从一开始就赞赏卢德格道德上的纯洁并准备放弃。与大多数人不同的是，他赞成自己的信念并容忍缺点。她也理解那种敏感。像他一样，她也愿意莱尼在一个更好的世界里成长。这种和谐一致不就是卢德格说的爱吗？

然而，这一切与她本人，与她——宝拉，无关。

* * *

宝拉。他小声说着，把她的头发从她哭肿的脸上撩起来。

文策尔懂得。他似乎什么都懂。他不鄙视她，他不评价，他没有皱过一次眉头。

在她第一次和他睡觉之前，她去看过医生。她曾经确认自己有病。在一年之内，宝拉和十五个男人睡过了。根据婚外情门户网站的信息可知，他们都结过婚。除了知道他们的名字和年龄之外，别的情况宝拉一无所知。他们说自己是健康的，她就相信了他们。

而那些男人也什么都不想知道。

当结果摆在面前的时候，她认识文策尔已经八周了。他们听过一次布拉姆斯的交响乐和拉赫玛尼诺夫的钢琴音乐会，看过戏剧，一起长时间地散过步，在公园的长椅上接过吻。八周之后，他们的关系就早早地开始、发展并结束了。文策尔连她的裸体都没有看见一次。

开始她害怕，如果他知道她被伤害到什么程度，他会疏远她。但是，当他每次都重新准时出现在约会地点的时候，她就慢慢地不那么担心了。

宝拉站在门诊部的柜台前面，徒劳地试图从助理医师的脸上读出结果。那个女人在纸上瞄了一眼，脸上毫无表情。电话铃响了起来，她跑去接电话，订了一个预约号，然后重新看了一眼那张纸。*一切正常，克罗恩夫人。*她说，连眼皮也没抬一下。

宝拉骑在自行车上。她觉得脸上的风暖洋洋的。

她在超市买了鱼、西红柿、青椒、黄瓜、小红萝卜、绿沙拉、葱头和大蒜、香草、柠檬和藏红花。自行车购物筐装得满满的。途中她停在葡萄酒专卖店前，品尝了灰白两种勃艮第葡萄酒和长相思葡萄酒，感觉到酒精的作用很舒服，然后买了一瓶法国西万尼白葡萄酒离开了商店。

到家以后，她围上一条围裙，放上一张肖邦的叙事曲光盘，开始做饭。

那天是楼燕归来的日子。它们像每年一样，突然就出现了。在5月的第一周，它们就从赤道以南飞回来了。它们在大街上以令人窒息的速度追逐着。它们尖锐的叫声划破傍晚的宁静，即使关严窗户也可以听得清清楚楚。

宝拉跑进客厅，坐在窗台上，有几分钟，夕阳反射到对面的窗户上。她的侧影像一张剪纸出现在把房间隔开的幕帘上，楼燕的影子在她的侧影上一闪而过。

那天夜里，他们睡在一起。文策尔没有做任何宝拉不熟悉的事情。的确，这种爱是有点儿不同。像错综复杂的音乐——在第一次倾听时会听出异样的、更悦耳的声响，即使在音调最轻甚至在停顿的时候也能表现出自己的美来。

* * *

当卢德格不再直呼她的名字时，她开始做的唯一目的明确的事情，就是与他认为正确的事情不同的事情。

周日早晨，宝拉在浴室里洗淋浴整整洗了十五分钟。

周三晚上，她当着他的面把一个碰伤的苹果扔进了垃圾桶。

她买衣服和鞋子，虽然她已经有很多衣服和鞋子。但是，直到某一天晚上，她煎了牛排，才又重新听见他叫她的名字。

那时候，卢德格吃素不过才刚刚几个星期。每天晚上决定性的都是这个话题，他提到世界范围内的肉类消费、动物工厂化养殖和饲料以及水消耗的数字。他对这类事实的记忆力给人留下深刻印象，而这种知识带来的必然后果就是放弃。

他进门时大声说了一句哈啰亲爱的！宝拉从平底锅里取出一块刚煎好的牛排放在她自己的盘子里。她在牛排上撒了些胡椒、海盐，放上一些沙拉。她用一把锋利的刀子切着肉。煎肉的汁液流了出来。里面是生的。一条血的涓涓细流穿过绿色的沙拉叶子开辟着自己的道路。

宝拉觉得心快要跳到嗓子眼了。她不再感到饿了。她思索了片刻，要不要把这块肉扔进垃圾桶里，可卢德格这时候已经站在她身旁。

你在这儿干什么，亲爱的？他问。

当她只是默默地看着他的时候，他叫了一声宝拉！此外没有再说什么。

买了汽车之后，有几个星期之久，他几乎没再和她说过话。

那是一辆不需要那么大的汽车——一辆二手的黑色沃尔沃，几乎有五米长。

他像一个受伤的人，弯着腰、垂头丧气地走来走去。

宝拉没有赔礼道歉。他的沉默折磨着她，但当他们终于又说话的时候，她为自己的行为辩护，说他无论如何不会同意的。当她擦洗浴室的地面时，她宣布，他只是她的丈夫，不是她的主人。卢德格回答道，她有时候确实希望有一个统治者，当她明白了他指的是什么时，她大笑起来。他的脸上也掠过一个微笑，她没有让那个瞬间溜掉。她吻了他。然后，她俯伏在洗衣机上，而卢德格仍然怒气未消，不打算退缩。

和平没持续多久。

在一个周日的下午，门铃响了。尤蒂特闯了进来，她立刻穿过厨房，无声地将一沓照片放在桌子上，那是一匹深棕色、白鼻梁的夸特马的母马照片。几天前，尤蒂特成功地通过了内窥镜检查法和糖尿病学专业医师考试。这匹马是她给自己的礼物。

卢德格抱着莱尼，盯着照片，尤蒂特热情地报告着那匹马的受教育程度、它的驯服、它的顺从和在跳跃时的一教就会。她讲完之后，卢德格说，作为有伦理意识的人，既不可以骑它也不可以驯它，这一切都会造成不必要的痛苦。他的声音带有一种无法掩饰的厌恶。

尤蒂特的两只手支撑在身体两边，瞟了莱尼一眼，挑衅地昂起头。*如果你想阻止不必要的痛苦*，她回答，*那就不要生孩子。因为这个孩子，像世界上的每个人一样，将会经历痛苦。*

然后，她就收起照片，装进包里，看着宝拉。如果在另外一天，宝拉也许会站在她的女友一边。在另外一天，她也许会对卢德格说，他不应该将自己的观点强加于全世界，不要谴责任何不像他那样生活的人。

尤蒂特很久没有再来拜访了。

她不再打电话，给宝拉的信息简短而又生硬。尤蒂特从母亲朋友手里接过的家庭诊所重新开张时，她给宝拉的请帖也和给所有客人的一样。没有一句个人的话语，没有一点儿终生友谊的信号。

宝拉要卢德格为此负责。

她想离婚。

但她没离。

在接下来的时间里，他们都深居简出。他们拒绝邀请，罕有来客。他们又更经常地一起睡了。在爱情的内环中，他们的生活又正常了。

*

第二次怀孕之初，他们都说了对不起并做出保证。宝拉供认，她的行动有时候出于抗议，卢德格承认，他只是想教训教训她。话说出来使他们有一种感觉，有些事情必须解释清楚，在接受过去的问题将来都不重要时，她确认他变得温柔了。

几百张照片产生了。卢德格和莱尼在湖上坐在一个充气舟里，宝拉和莱尼坐在茂盛的野韭菜丛中，莱尼和卢德格在动物园里一头树懒前面，他们三个躺在穆尔德河畔的草地上，头上戴着雏菊花环。

如此这般好，像它真实的样子。

而且，也像真实的那样，如此这般脆弱。

卢德格在她身边时，她真的感到安心。如果他在约定的时间没来，她会设想出最糟糕的情况——是不是建筑工地的脚手架倒了，是不是骑自行车遇到事故，会不会是一个动脉瘤破裂了。

不过什么也没有发生。

对于外部世界来说，他们就是美好的一对儿。

在莱尼应该上的森林幼儿园的一个信息发布会上，宝拉感觉到另一个家庭的目光。他们坐在林中空地的一个大圆圈里，她感觉自己好像要从心中走出来从外面观察自己似的——她看见一个自信的孕妇，怀里抱着一个红色鬈发的小姑娘，旁边坐着一个目光炯炯有神并沉思着的漂亮男人，他的一只胳膊揽着她的腰。

那天晚上他们睡在一处。尽管宝拉已经怀孕，她还是喝了满满一杯红葡萄酒。当卢德格向她走去要上床时，他的两手毫不犹豫地伸向她。他的欲火突然重新燃烧起来。

他匆忙地亲吻她，但他的手指在她两腿之间徒劳地寻找着那片本该迎接他的温暖的潮湿。

云雨过后，他们仍然紧紧地扣在一起。

在接下来的日子里，一切都真实而又美好。卢德格从日托保姆处把莱尼接回来，然后就带着她来到书店。他们骑车从盛开的茉莉花花畦旁边经过，穿过公园去游乐场。在萨克森大桥上卖冰激凌的车子旁边停下。前往他们的小区，那儿有新栽的椴树和粉刷一新的楼房。每天早晨，莱尼都要挤到他们中间，听着外面鸟儿的啼叫并再次入睡。他们制订计划并看见未来在闪耀。卢德格把他的双手放在宝拉的肚子上，感觉婴儿的胎动。

然而，这孩子是否已经有了一个名字，似乎暂时成了问题。卢德格的建议最多能唤起宝拉扬一扬眉毛。弗莱雅和卢娜仍然是他们最熟悉的。说到索希尔德时她受刺激一般地呻吟了一声，而在听到黑德维希这个名字时，她忍不住大笑起来。

在孩子出生四个小时之后，他们才成功地取得一致，叫她约翰娜。在这几个小时里婴儿只是一个简单的它。他们默默地从诊所回到家里。卢德格提着装胎盘的塑料袋，宝拉抱着约翰娜。

她自己也不知道，她为什么失去了再次在家中分娩的勇气。第一次她没有困难地做到了。难道那些关于分娩终止、脐带缠住脖子、缺氧导致残疾和死亡的故事都是尤蒂特编造的吗？或者，难道卢德格因此而没有了自己的主意？

到家之后，他做的第一件事就是打开冰箱，把已经解冻的胎盘放进冷冻室。然后他从邻居那里把莱尼接回来。莱尼冲向婴儿筐，去看在筐里睡着的约翰娜。她兴奋地摸着小妹妹的手、头和鼻子，最后卢德格不得不把她抱走，以免影响约翰娜睡觉。

宝拉立刻躺到床上。卢德格的注视使她精疲力竭。他们在诊所停车场上走到汽车跟前，他把婴儿筐固定在后座上，然后坐到副驾驶座位上。按照他的说法，他没有任何理由剥夺她的驾驶权。他说车不是他的，因此他想尽可能少地与这辆车发生关系。

实际上，在他们的整个婚姻期间，精确地说，卢德格的黑色沃尔沃轿车只开过两次。第一次是去诊所生约翰娜，第二次是去安葬约翰娜。

时间是6月。阳光直射下来，全城到处飘扬着德国国旗，足球迷们在庆祝世界杯比赛的胜利。沃尔沃的空调坏了。卢德格不声不响地打开所有的车窗，夏天的热风吹着他们的头发，将椴树花甜蜜的香气吹进车里。汽车上覆盖着蜜露。车把手是黏的，挡风玻璃变得模糊不清，但卢德格什么也没有做。他开着车，没有打开雨刷装置。

在城南墓地上，蜜蜂和蝴蝶飞来飞去，路两边和坟墓周围有几百棵杜鹃花。花儿早已凋谢，由于持久的干旱，树叶全都下垂着。那是一年中最长的一天，即夏至那天，也是他们的第五个结婚纪念日的前一天。

宝拉能感觉到每一丝微风、每一种树叶和每一种昆虫的响声。穿过人群时，她只凝视着前方。卢德格一只手领着莱尼。他的脸上没有一点儿血色。

*

约翰娜夭折之前两天打了疫苗。

今天我们去看医生，宝拉说，并没有中断自己的工作，*哈尼要注射疫苗*。约翰娜坐在他的怀里，两只小手拍

打着盘子。叮当声使她感到快乐。她大笑着，欢呼着。她那滚圆的小身子动作越来越大。卢德格的左胳膊紧紧地揽着她，试图用右手去端咖啡杯往嘴上送，以免洒出。他在专心地听她讲话，并把眼睛眯缝起来。宝拉熟悉他脸上的这种表情，没理睬他。当她给莱尼切水果和蔬菜并给带往幼儿园的面包抹黄油的时候，卢德格用他那平静的声音解释，说那不是疫苗，而是为了保健和改善生活状况，阻止或根除多种疾病。当她从他那儿抱过约翰娜并给她穿衣服时，他说，他听说打了疫苗之后会出现脑损伤和残疾。现在你想不想要医生约定的日期？她怒气冲冲地问，如果孩子病了，你从现在起待在家里吗？如果她们得了百日咳或者出了麻疹，你来护理她们？

没有等他回答，宝拉就用毛巾被匆忙地裹起约翰娜，抱着她离开了家。她那拖到脚踝的彩色长裙在行走中飘起来。到了大街上，她把太阳帽从头上取下来盖住约翰娜，以免晒着她。她准时到达医师诊所。

后来他声称，他曾经表示过异议。

再后来他肯定地说，根本就没有接到过通知。

*

约翰娜死的那天，宝拉也穿着她那条上面有大花的夏季连衣裙。家里突然站满了人。那个执行公务的法医察看了阳台上孩子死亡的地点，没有犯罪的迹象。一位女心理学家坐在宝拉旁边。确认孩子已经死亡的急救医生坐在她对面。他就当天和前几天的情况提出若干问题，宝拉有气无力地回答着。她想正确地回答所有问题。如果所有的问题都回答了，那么孩子可能就会重新睁开眼睛。如果她现在依然坚强，那么可怕的事情可能就会终结。

约翰娜打了疫苗之后哭号了好几个小时，她发起高烧，不想喝，不想吃，任什么都不能使她安静下来。直到宝拉给她灌进一种退烧和止痛的液汁，她才睡着。当她醒来时，又重新哭号起来。第二天烧退了，但孩子无精打采地躺在床上。好像在睁着眼睛睡觉似的。她望着天花板，没有表情，没有声音，不玩也不笑，目光也不寻找宝拉。抱在胳膊上软绵绵的，宝拉怎么放她，她就怎么待着。儿童医生向她担保，孩子可能是因为发烧导致精疲力竭。

第三天约翰娜死了。

宝拉把她放在阳台上。她在一个被子和枕头包裹着的窝里睡着了。两个小时之后，她仍然一动不动，这时候一直坐在旁边躺椅上看书的宝拉站起来，弯下腰仔细地看着孩子并摸了摸她的脸颊。她的皮肤已经凉了，虽然天气是舒适的二十五度。

宝拉立刻知道是怎么回事了。

她抓起她的孩子，把她举起来，又把她紧紧地抱在怀里，大哭起来。她又把孩子放下，开始对着嘴呼吸。她奔向电话机，想给急救医生打电话。她给卢德格打电话，同时跪在约翰娜身旁。她浑身颤抖得厉害，电话终于从她的手里掉了下去。

*

面对悲伤，无计可施。

她控制不住自己了，她感到太突然了，好像天塌了，地陷了。宝拉在生活中经历过各种各样不同的感觉，唯独没有这一种。头一周的发呆还是最好的。这段时间，理解力只存在于大脑里，还没有到达心脏，也就是还不感到疼痛，它还是抽象的。那个小小的身体虽然被埋葬了，小床上空了，八音盒默无声息，但痛苦会持续下去。的确，她预感到，疼痛在聚集、增加并准备发起冲锋。

*

卢德格几乎无声无息地生活在她身旁。

他在，也不在。大多数时间他在读书。打印机不停地吐出新的一页。书籍和收集的文本堆叠在他周围。卢德格坐在其中。他几乎不睡觉，很少吃东西。他一点儿也不相信法医的调查结果，即孩子是突然死亡。据说在约翰娜的大脑里没有找到任何指向与注射疫苗有关的异常。据说这种情况会偶然发生。没有原因。没有责任。因此没有意义。

然而，这是不可能的。一个八个月大的婴儿死了不可能没有原因，没有责任，没有意义。有一天，他已经读了足够久的书。令人痛苦的不确定性屈服了纯洁的信念。对真相的寻找结束了。责任搞清楚了。

他很少去上班，几乎不挣钱。他只尖锐地盯着所有不必要的、没用的和不道德的东西，而且越来越多地准备承担后果。他不再接受与他的要求不一致的委托。他鄙夷不屑地谈论自己的同事。他对他们的理由不感兴趣。他不想听他们谈论自己的孩子和妻子，及其必须满足的物质需要。

布里克曼&克罗恩建筑公司破产了。公司的牌子被换掉了，在公司的公函上克罗恩的名字被清除了。

起初，宝拉试图把自己的头放在他的怀里，在那儿寻求安静。但卢德格没有回应她的接触。他僵硬地躺着，随她的便，继续和她保持距离。

面对莱尼的喜悦，她沉默而又无助。她脸上没有映出孩子的微笑，她的眼里没有快乐。

疼痛来时很疯狂。有时候她的哭声听起来简直没有人腔。她迸发出来的那种声调让他们感到吃惊，她丈夫和孩子的面部表情里全是恐惧。

她每天早晨醒来都很惊恐。每天早晨她都希望是晚上——白天已经过去，吞下安眠药，把沉重的窗帘拉得严严实实。她不想死，但又不能活。她想忘却，但做不到。当卢德格说他们的婚姻完结了的时候，她会感到惊奇，她周围的黑暗还不是最黑暗的。

有一天他说，*你的良心上还有约翰娜*。他站在厨房的门框里，说完这句话，转身走了出去。

* * *

有一段时间他们静静地并排躺在一起。

我很幸运，文策尔说，我现在才遇到你。

她抓过他的手，把它放在自己的肚子上。

后来他们穿好衣服，走进厨房。

他洗菜，她把刀为他准备好，她洗肉并把肉拭干，他把肉切成片。她煎肉和炖菜的时候，他铺好了桌布。他们互不妨碍。每当经过她身边，他的手都会抚摸一下她的胳膊。

他们吃饭。

他们喝酒和水。

他们收拾餐具并将它们放进洗碗机。

他们喝咖啡。

他们躺在沙发上读书。

他们把书放到一边。

莱尼回来之前还有三个小时。

衣服很快被脱掉了，他的手顺着她的头发、她的脖子、她的后背向下滑。他想看的越来越多。他总是那样从容不迫。

她的身体对他的手、他的唇和他的舌头的接触立刻有了反应。她不怕说出自己的愿望。

* * *

约翰娜死了十七个月之后，也就是在离婚之后没几个星期，卢德格去了哥本哈根。他住在熟人家里。暂停期间应该澄清问题并确定一个新的方向。原计划的六周变成了两年。

他错过了莱尼六岁和七岁的生日；错过了她从树上掉下来，那次事故，她折断了左臂，也错过了她的入学，她的第一句会写的话妈妈我爱你；错过了一次次的掉牙和长出新牙，也错过了她第一次骑着尤蒂特的马奔跑。

为了和莱尼说话，他大约每星期打一次电话。每次打电话都持续好几分钟。除了是、不是和好吧之外，莱尼似乎没有什么要对父亲说的。宝拉一点儿也不反对。他应该感觉到生疏发展得多么快，他会变得多么无足轻重。

开始时，她的父母亲帮助她。他们周末带着莱尼一起去瑙姆堡，到动物园远足，去埃尔茨山和萨克森州的小瑞士做短期旅行。宝拉的母亲做了许多必须做的事情，她以同样的方式做着各种事情，就像她曾经把宝拉及其弟弟抚养长大那样。充满责任心，任劳任怨，不露声色。父亲则对她表现出一种亲切的爱莫能助。

他们之间关系的中断是在复活节，也就是在约翰娜死后差不多两周年的时候。

在去瑙姆堡的路上，风雪夹着雨点抽打着火车车窗，在从火车站到父母亲家的汽车上，宝拉看到大教堂被裹在暴风雪中。就在他们到达目的地之前，她父亲说，家里还有别的客人，待会儿见了不要害怕。

客厅地毯上坐着两个留长辫子的姑娘。她们说阿拉伯语，玩着宝拉小时候玩的旧布娃娃。电视开着，一个男人和一个戴头巾的女人笔直地坐在沙发上盯着电视屏幕。饭桌旁边坐着一个少年，面前摊开一本插图课本，正在紧张地看着。

父亲消失在一个单人沙发里抱着一本书看。

早先，宝拉的母亲一向很有事业心。在空闲的每一分钟里她都站在教父的身旁，在教堂合唱队唱歌和在养老院里安慰老人。宝拉和兄弟们在家里开战，也不耽误她去关心别人。

宝拉一点儿也不反对来自伊拉克和阿富汗的外国人。饭菜也好吃。代替传统煎肉的有鹰嘴豆泥、烧茄子、蒜味酸奶沙司、燕麦粉、丸子和羊肉。

他们一起坐在桌边。屋里特别热，壁炉烧得火红，外面下着雪。

宝拉，母亲突然说道，你的命运不是唯一的。这些人，她说，同时伸开两臂，都有一些可怕的经历。我建议你，也同样热心些，你会看到你的感觉将多么快地好起来。

宝拉看着伊拉克女人的面部表情，又看了看阿富汗男孩的眼睛，男孩立刻低下头。她凝视着那个男人，那个男人做出一副毫无觉察的样子。

她站起来，领着莱尼走了出去。

父亲想站起来，但母亲示意他不要动。

*

宝拉的日子还过得去。

她起床，刷牙，做早餐，把嘴唇涂红，去上班，卖书。下午，她辅导莱尼做家庭作业，她送女儿去朋友那儿，去上吹笛课，晚上给她朗读，然后自己也很快就睡觉了。

她再次起床，刷牙，做早餐，把嘴唇涂红，去上班，卖书。她学会了控制哭泣，绝不当着孩子的面哭。她定期请客，这样，生活就回来了。家务活做得有条不紊，衣服都要熨烫，阳台上的植物开始生长，开花。

晚上，她坐在餐桌旁边像关了电源似的，目光呆滞地盯着木头的纹理。

只剩下很少几个朋友了。仿佛她周围的人都结了婚、生了孩子，并且盖了房子，她不能为别人的幸福而高兴。她觉得能容忍的朋友只剩下尤蒂特。但尤蒂特不能理解失去一个孩子意味着什么。一个从未生下的孩子比一个夭折的孩子带来的痛苦会少些。

宝拉从通常的联系中跌落了。孩子的死亡使她和周围的人疏远了。她的痛苦没有人分担。痛苦像一块不断生长的蛋糕，她吃啊吃啊，可它就是不变小。所有人都必须自己测量自己的痛苦。几乎没有人经受得住。因为小孩长牙一连几夜不能睡觉意味着什么？还得活着。不得有任何抱怨。

没有人跟得上死神。他在任何情况下都更强大。

宝拉开始惦念卢德格了。

现在，为了看到不同的东西，他离开得够久了。错误变得苍白了，美好的东西清楚地呈现出来。他那青春的微笑，他那乜斜的目光，在他怀抱中的安全感。没有人保护她了。没有人询问她这一天怎么样了。没有人一起购物。夜里没有人躺在她身旁了。没有她能与之有关系的人了。

她妒忌地望着别人。在外部环境的压力下，她重新向卢德格靠拢。即使对一种糟糕婚姻的信赖也是一种信赖。

她一方面渴望接到卢德格为莱尼打来的电话，另一方面又害怕。每个星期五，当电话铃响起时，她的心都会强烈地怦怦直跳，以至于呼吸变得困难。他的一句错话就可能结束她的思念。但思念是一种最生动的感觉，这种感觉已经持续很久了。她想对他说的那些话整天在她的头脑里转来转去。即使在工作的时候她也在斟酌，当她在书架前面自言自语和与顾客低声说话的时候，偶尔会引起同事的注意。

在她的想象中，她的话会影响他的回归。他会道歉。一切她受到的伤害都被治愈了。指责她的你要对孩子的死负责那句话他将收回，然后就是好像他从未说过那句话。

然而，一听见他的声音，她就不灵了。

哈啰，这里是卢德格，请问你能否帮我把电话交给莱尼？他总是这么一句话。然后，她就会把听筒放在电话机旁边，去叫莱尼。

结束思念的谈话发生在一个周日的晚上。星期天她最喜欢待在家里。只有陪莱尼去游乐场她才会强迫自己出去。然后，她会和别人保持距离，即使天色昏暗她也戴着一副大墨镜望着四周的景色。人们都在围着孩子转，大多数孩子都由父母亲陪着，少数的孩子是由单亲母亲或者单亲父亲陪着。空中弥漫着家庭联系的冲击力。有时候，宝拉想象她怎样才能把他们一个接一个地全枪杀掉。

也就是那天，她一个人在游乐场边缘一张长椅上坐了整整两个小时。当莱尼在攀爬架子上练习摆动臀部的同时，宝拉在读托尔斯泰的小说复活。回家后，她允许莱尼看四集电视连续剧海蒂，她把自己关进浴室，平躺在地上。没有比没有支撑点却仍要维护脸面更令人精疲力竭的事情了。

后来，她吃了意大利卡波纳拉面条，喝了一杯红酒。她正吃饭的时候，电话铃响了。

我必须和你谈一谈了。卢德格说。

她叫菲丽帕。他认识她已经一年多了。

*

在她看来，生病是一个合乎逻辑的结果。

当她在诊所醒来的时候，看见了柔韧的手背、床边的输液架，这时候她仍然以为自己的状况与一种肺炎有关。

她想起来了：她的家庭医生听了她的肺部，说疑似肺炎，并请她立刻去最近的放射科门诊做透视。她试图牢记他说的是什么，与此同时，她感到奇怪，怎么扣上衬衣纽扣、穿毛衣和围围巾需要那么长时间。当护士递给她账单时，她正站在柜台前面。她接过账单，手停在半空。她觉得出了一身冷汗，然后就感到周围一片漆黑。

房间里就她一个人。门半开着，可以听见外面的脚步声和滚动床的噪声。她试图掀开被子，但是掀不动。她太虚弱了。她太虚弱了，连被子也掀不开，太虚弱了，连手都抬不起来，虚弱得连话都说不出来了。她颤抖着哭泣了几分钟之久。然后，门开了，一位医生和随行人员进来了。

在这次查房继续进行的时候，她整理了一下思绪。

莱尼在尤蒂特那儿。她挺好。

一切其他东西终于都表明了意义——最后这一个月奇怪的变化、尤蒂特担忧的目光和坚持做各种不同测试的迫切。宝拉拒绝了，而尤蒂特与她保持距离。

最后，同事们发现，她怎么晒黑了。当然这也同样引起她自己的注意。她首先看到的是两只手，只有上面的指节是苍白的。她的脸上出现了色斑，色斑从鼻子向两颊和额头扩展。

然而，她没采取任何措施。由它们去吧，她觉得无所谓。当她变得越来越疲乏无力的时候，她把这种情况归咎于悲伤。当她不能再上班时，她想到了抑郁。当一种感染揭开了下一种感染的时候，她相信生活开始排斥她的身体了。

在某种方式上她是对的。

艾迪生病[①]危机几乎使她丧命。迅速降低的激素水平导致她在家庭医生那儿崩溃。她在昏迷中躺了两天。实际上她的肾上腺皮质不再产生皮质醇了。每一种感染都可能是致命的。她离得到解脱从来没有这么近。

---

① 艾迪生病又称慢性肾上腺皮质功能减退症，为肾上腺皮质破坏或者功能障碍所引起。该病最早是由托马斯·艾迪生于 1855 年首次描述的，后来以他的名字命名。

*

卢德格回来时，约翰娜的死亡时间已经超过她的生命年龄好多倍。四十个月的死亡对八个月的生命，如果放在天平的盘子里，死亡会将那一点儿生命弹射到空中。在12月的一个特别寒冷的日子，卢德格和菲丽帕一块儿来接莱尼，这时候，宝拉用没有表情的目光打量着这个陌生女人友好的圆脸，从她的乱蓬蓬的金发、草莓色的短裙、劣质运动鞋和毛线长筒袜，到那条自己织的巨大的彩色围脖，再回到她那少有的容光焕发的玫瑰色脸颊。

第二道目光使宝拉几乎喘不过气了。菲丽帕的裙子下面肚子显而易见地鼓了起来。她把莱尼推到楼道里，转过身，连个招呼也没打就把门甩上了。

她在床上躺了片刻，看着窗外。外面的温度计显示温度是零下十二摄氏度。无论如何，这一天始终留在她的记忆里，与这一年中所有的其他日子都不同。它们原本无法区别地交织在一起，却被仅仅几个小时不安的睡眠打破了。宝拉静静地履行了自己的义务，直到她终于又可以睡觉了。每当莱尼在朋友那儿时，宝拉就陷入一种植物人状态，到莱尼快回来的时候她才会醒来。她几乎整天一动不动地躺在沙发上看美国的连续剧，自言自语地说着外文入睡或渐渐入睡。她总是一再地失去时间的感觉和身体的需要，吃的和喝的恰好够延续生命。

那一天，随意躺着的诱惑也仍然存在。懒散的瞌睡把她带进那个介于清醒与睡眠之间的领域，同时，她似乎能在半睡半醒中使自己进入轻微的麻醉状态。

她闭上眼睛，等待着持久的疼痛被拯救的感觉。风在屋顶上发出尖叫，抽打着山墙，把窗外残余的干树叶卷起来飞向无色的天空。

可是，宝拉的心脏要休息了。

她急忙重新站起来，穿上羊皮鞋和大衣，围上头巾，从楼梯上走了下去。

寒风凛冽，人行道像镜子一般光滑。她小心翼翼地走着，以免滑倒。她向食品店跑去。她买了牛奶和黄油、青椒和鸡蛋。她缓慢找着钱，慢得令人心烦，她把买的东西装进布袋里，售货员盯着她看。她听见身后一个男人在呼哧呼哧地喘气，用脚擦着地，想赶快轮到自己，想让她赶快离开那儿，但她不能更快些，她的手不听话。好像她的手与大脑的联系受到损伤，好像信息的传递是断断续续的。你们动一下啊，脚！她想，她感到惊奇，它们真的动了。

又是冬天凛冽的寒风。她眯缝起眼睛。前进，一步一步，缓慢，但持续不断。前面是车水马龙的大街。望不到头的汽车队伍在她身旁顺利地向前滚动。几乎没有间隙。她紧挨着人行道的边缘走着，她的脚尖在那上面抬起一点儿。灯光，沙沙声，风。她抬起头，慢慢地向左转动，看见一辆大卡车。车开得很快，它好像不会停住。只要一步，她想。

灯光，风，然后是一个像莱尼那么大的孩子，紧挨在她身旁。那个孩子向前弯着腰，左顾右盼，有一瞬间看起来像要立即开跑。宝拉两只手抓住了那个孩子。她粗暴地把那个小姑娘拽回来并抓住她的肩膀。你不能这样向大街上跑，你会被轧死的！她吼道。那个姑娘从她手里挣脱了。可我根本不想死，她说，我只是看看。

大卡车早已开了过去。宝拉的腿在发抖。

她慢慢地走回去，走到人行横道的红灯处，一步一步地在结冰的人行横道上走着，小心翼翼，以免滑倒。

到家后她打开收音机。

希望听到一个比她自己的生活更糟的报道，她静静地听着新闻。如果她认为，再也不能感觉到一个快乐的瞬间，那么只有远方战争的牺牲者或自然灾害、饥饿、贫穷和疾病能帮助她了。但是，那一天世界仿佛自己休息了。

18点整，卢德格按响了门铃并把莱尼送回来了。她喜形于色。我可以进来吗？他问。宝拉无力地点点头。

当他们在约翰娜死了四十一个月之后面对面坐下时，本来好像有很多话要说。但宝拉的目光停留在桌子上。

那是卢德格打造的。

那是一张很大、很漂亮而又结实的桌子。一张永远用不坏的桌子，他当时说，我们的孩子将在这张桌子上吃饭，做游戏。

她坐下时想到了这些话，她观察着木头的纹理并感觉到卢德格的目光。在这张桌子旁边，正如她曾经愿意的那样，这个男人使用了她的身体。她不想决定任何事情，也不必说任何话，只管接受指示并去感觉。

莱尼在幼儿园里，宝拉给许多男人中的第一个开了门。他们只简单地问候了一句你好，然后她就走向那张桌子。她穿着一件白色的睡衣，下面什么也没穿。她不想说话。她没煮咖啡，也没提供葡萄酒，只把自己献了出去。

他把她推到桌边，双手从腰部滑到臀部。这里有一种宝拉觉得早已丢失了的尊重。

如果卢德格知道了——

但他一无所知。

当他们终于面对面坐下的时候，好像有许多话要说。但是，那天唯一发生的事情是宝拉抬起头，注视着卢德格并对他说，如果他愿意，他可以定期来看莱尼。他应该留下电话号码和地址，她会打电话。

*这就是你想对我说的全部吗？*他问。宝拉点点头。然后，她低着头，倾听着他的沉默。

* * *

文策尔总是接她回家。

他们的第一次谈话是在树林里。他们站在一个观景台上面，下面是城市，宽阔的绿色地带向四面八方伸展。他一连几周在晨跑时遇见她。总是在同一个地点。不记得什么时候，他开始短暂地举手和她打招呼，稍后他带着微笑小声说了声*早安*，直到最后有一天他不是与她相遇，而是从身后出现在她旁边并问她，他是否可以和她一起跑一段。

宝拉的目光变得更精准了，仿佛从看远处转而看近处那样。她感觉到周围的一切都变了，她开始注意到一些以前被忽略，但始终期望的更大的东西。在跑步的时候，她感觉到地面的状态、局部肌肉的紧张、呼吸的节奏，并停止用耳机与外部世界隔离。在词汇最真实的意义上，文策尔跑进那样一种感觉最敏锐的瞬间。

他们一起跑步。他们的脚在同一时间以同样的节奏着地。他们谈跑步，谈幸福和在这座城市里的生活。文策尔作为内行几乎能听出每一种鸟儿的叫声，当他听到一种夜莺的叫声时，他抓住她的胳膊，他们站住了。雄性夜莺的叫声发颤又急促，而且不重复，宝拉觉得和一个陌生的男人在树林里倾听鸟儿鸣叫并不奇怪。

后来，在观景台上，她同意第二天和他一起跑步。

一周之后，他请她喝茶。

她曾经这样精确地想象过他的家——木地板，书籍，图画，一个简朴、有效而且厨具齐全的厨房。画室是最大的空间，那里挂着很多照片，有一张立刻进入她的眼帘：一个大约五十岁的女人，长长的深色头发，又瘦又严肃的脸，大眼睛。

玛雅，文策尔说，我的妻子。

两个坟墓之间相距几乎不到一百米。

他们首先去看了他妻子的坟墓。

然后，他们从一丛杜鹃花旁边经过，在沙沙响的石子路上继续走着。

芍药花在盛开，野草被除掉，土地被平整过。

宝拉没有哭。只是把墓碑上的一些尘土擦了擦，然后她就站起来，寻找文策尔的手。

然后，他们就走了。

尤蒂特

每个女人都应该有一个稍微像克里斯汀·格雷[1]的男人……

是认真的吗？

尤蒂特把马鞭放在桌子上，拉开帽子上的拉锁，同时浏览了一下他的主要特征。

经理，三十九岁，住地：拉德包伊尔，除了骑马没有别的兴趣，不抽烟，离异，没有宠物，没有孩子。他的目光是大胆的，很难对虚荣视而不见。

她合上电脑，脱掉鞋子和马裤，把所有的东西都放在

① 美国电影五十度灰中的男主角。

过道里，走进浴室。

她在跑马场骑了三个小时的马。她让马在格鲁普尼茨附近的穆尔德草地上跑起来。她放松了缰绳，换成轻松的坐姿，然后她们就飞起来了。没有比飞起来更好的表达了。当马在奔驰中舒展身体又快又稳时，当风吹得眼睛隐隐作痛时，当她感觉到马跑得精疲力竭时，就是这样。

在淋浴喷头下面，她用刷子刷着自己的后背。她的头发湿漉漉的，沉重地垂在肩膀上。她涂抹的油散发着桦树的味道。她特别享受运动之后的这个瞬间——此时此刻，她感觉到按摩油渗进自己仍然湿润的皮肤和结实而又温暖的肌肉里。

她擦干身子，只套上一件T恤，开始重新登录。

医生，四十五岁，有一匹马。一匹阉马，有色。很漂亮，不太高。

尤蒂特发送了一个微笑，没发送图片。

项目经理，四十六岁，自我描述：卓有成就、引人注目而又有男子气。最优秀特征是平均水平之上的移情态度。他发送了一个微笑，但没发照片。

尤蒂特点了一支烟。她站起来走到窗前，打开窗，然后接着写道：

亲爱的有男子气而又引人注目的、卓有成就的男子，移情是能力（不是态度），是能够设想自己处于对立面角色。凡是认为自己是超平均水平移情的人，都是可疑的。

她添加了一个眨眼的笑脸，点击了发送。

她从容不迫地抽着烟，不慌不忙的像个瘾君子。在调整到搜索设置的时候，她选择了不抽烟者和不要孩子。在年龄上她很大方，可以在三十五岁到五十五岁之间，同时，要想赌一赌年龄的差别，一个五十五岁的人必须提供点别的。她是女医生，她知道五十岁以上男人的问题。保持长时间勃起而又坚硬是这个年龄的一种不可能的机遇。像中彩票。但她不玩彩票。

项目经理，四十六岁，回答道：

现在你的未来人已经使我感到遗憾了。他写道。

被打中的狗会叫。她敏捷地回答道。

她用停止按钮与他告别并按照匹配点拣选另一个伴侣建议。对全部低于100分的不感兴趣。

医生，四十五岁，匹配点107。她撩了一下湿漉漉的头发，将水和苹果汁倒进一个杯子里，点击了一下事件。

您与KKTROO5F的匹配事件是有希望的。您两位的个性相合。您能够期待在与KKTROO5F的配对关系中日常生活的嗜好和习惯十分和谐。您两位一定会互相感觉良好。此外，尤其是您两位有共同的兴趣和业余爱好——一个真正的加号。共同塑造您两位的业余时间，对您两位来说也不会有什么困难。我们建议您与KKTROO5F见面。

他的马确实特别漂亮。

比例匀称，栗色中带白色斑点。

在伴侣角色照片上女性特征对男性特征的比分为有压倒性优势的104分对85分。

匹配程度表为从60到140。

尤蒂特的男性特征是117分，比平均水平的男人更明显。可能合适。她想。她了解男同事。大多数人不喜欢被统治，但这儿的这个人好像是一个例外。

这时候，他发回一个带有图片分享的微笑。秃顶，浅色的眼睛，坦率的笑容，有肌肉。为什么不呢，她想，走去用吹风机吹干头发。

嗨，你好，待了一会儿她给他写道，你干的是哪一行？在医院还是在诊所？我喜欢你的马。我们出去走走好吗？问候。J.

与陌生男人见面最困难的事情是必须解释，而且总是要从零开始，不能唤起现存的任何东西。那是一种力量的表现，与一个小时之前的恶心和一个小时之后徒劳的索然无味相关联。

第二件最困难的事情是直率。不要对意图有任何怀疑。每个人都要让另一个人深深地窥见自己的需要。

医生，四十五岁，他回复了。

嗨J.，星期日下午去喝咖啡怎么样？我是麻醉师，在大学附属医院工作。我的马暂时不能骑。更多的，见面时聊。我们约15点在南城怎么样？格伦德咖啡馆行吗？问候。斯文。

没有人对自己的名字负责，尤蒂特在回答时心里想。

现在我正在城市的西北区值班，不过天气应该很好，一般情况下没什么事，15点可以。交换一下电话号码好吗？

立刻回复。

不行，我觉得太快了。我有过糟糕的经验。

我知道，理解！她回答道并想起了自己的第一次。

法学家，四十岁，离异，有一个孩子（嗯，有自己的房子），不抽烟，有一只猫。

他建议，第一次见面在人民战役纪念碑，从那儿开始向南经过公共墓地散步。

见面几分钟后，他就把谈话转入重点。他的女伴政治上应该与他类似，他的情况：倾向保守。

尤蒂特也看不出把时间和注意力浪费在世界观的对立上有什么意义。关于她的问题，即他的保守思想核心是什么，四十岁的法学家抬起头望了望天，然后看着他左边的墓碑，好像答案就在那个死者的坟墓里似的。

悲观主义。他说，更确切地说：一幅人的悲观图像。

Voilà（法语：这儿）。她回答道，我把这点称为一个基础。

他们经过约翰娜被埋葬的地方，讨论着勇气和荣誉的概念，他奇怪而又不断地使用这些词汇。杜鹃花开得十分茂盛，它们自我炫耀地挤进尤蒂特的意识，而她虽然在倾听他讲话，但思想还是远远地离开了他。他发现了这一点，提高了嗓门。他的声音与风声、鸟叫和尤蒂特对躺在小棺材里躯体的回忆竞争着。那是八个月大的约翰娜。

他的嗓门越大，声音就变得越细。尽管他说的一切都那么合乎逻辑，听起来是整理过的，他敏锐的理智令她十分着迷，但她还是突然希望他闭嘴。她注视着他。他的步履显得笨拙，慢腾腾的。那两条腿好像从未跳过舞。他的臀部似乎始终没动。光有精神不够。

法学家，四十岁，是一个错误。

尤蒂特不情愿地想起那些有修养的男人的舌头，它们曾经被太深地插进她嘴里。想起那些领导着公司的男人或者拥有政治权力的男人对女性身体结构的了解都少得令人惊异。

在公墓大门口的告别被她迅速地忘到脑后，但轻松的感觉只持续了短短一会儿。他给她发电子邮件持续了两个月之久，给她送花或者带有各种文化建议的文字信息。直到她的女律师用一封关于纠缠不休的信才让那个热恋中的男人停了下来。

正当她往腿上涂抹脱毛蜡的时候，来了一条斯文的信息和一位四十八岁的教授高高跷起的大拇指，旁边写着您的个人特征介绍看起来不错。正面图片分享暂缺。

尤蒂特无聊地点击了他的侧面像。照片模糊的轮廓泄露了一种海绵般的肥胖。业余爱好：电脑和高尔夫。

从何时起，教授成了一种职业？她写道。不到一秒钟就来了回答。我可以放弃无礼的注释。还有，祝你好运。你需要它！

她双腿僵硬地坐在地板上的一条毛巾上。她写道：像你这样的男人没有未来！

然后她发送了一个停止按钮并读起斯文的信息。

仍然是明天15点吗？我将准时到达。

把腿上的脱毛蜡条撕下来的感觉是很不舒服的。背景音乐放着贝多芬的钢琴奏鸣曲。她躺在沙发上，皮肤婴儿般光滑。她的头放在靠窗一头，阳光直射在她脸上。

每一次，当男人脱了鞋子在这个沙发上躺下时，就意味着事儿已完。那是努力结束的时刻，也是她被逮住的瞬间。

她是一个漂亮的女人，她知道这一点。她的皮肤还光滑，她的头发又多又有光泽，牙齿洁白而且整齐。肉毒杆菌注射对去除两眉之间的细小皱纹挺有帮助。

与宝拉不同的是，她脸上可以读出一切。

她已经给宝拉打过两次电话。屏幕上又出现了宝拉的号码。尤蒂特如此长时间地看着电话，直到电话铃声停止。她把胃的轻微痉挛断定为一种良心正常的标志。但她今天不能。今天她不能忍受任何伤感。

宝拉像一个深渊，像一个深深的黑洞，你把理解、容忍和爱都投入其中，所有的东西都掉了下去，甚至听不见回声。约翰娜的死亡改变了一切。

有时候，她把宝拉的大女儿莱尼接过来，然后她们开车去乡下骑马。姑娘可以刷洗那匹母马，拉着缰绳在马厩里跑两圈。她没有骑马的天赋。在马背上她晃来晃去，只会紧紧地抓住马鞍，而不会跟着马的运动一起感觉那种节奏。莱尼让她感到遗憾。她虽然还不能称作青年，却长着一张成人的脸。

钢琴奏鸣曲的第三乐章开始了它最好的部分。尤蒂特站了起来，从乐谱架上取下乐谱，读起来。就在第三乐章最后一拍将要结束之前，电话铃响了。

来电话的是汉斯，她以前进行专业培训时的上司。在她心情抑郁的时期，他从来不打电话，而在她情绪躁狂的时段，他们每周见面多次。

在床上他就是一个神。她知道，这句话听起来是什么样子，但确实如此：在床上他就是一个神。

他有三个孩子，一个又小又瘦的妻子，不过这都不重要。毕竟，她也不想和他一起生活。她不想让他脱了鞋躺在沙发上，不愿意他吊儿郎当，不思进取，在她这儿躲躲藏藏。

汉斯。她说，你想我了吗？

他大笑起来。如果你知道……

讲给我听。她小声说。

然后她就往后一靠，听他说，当他停止不说并且呼吸更快的时候，她就说：来我这儿吧，今天晚上。

但是，汉斯没有来。他那肚子里正怀着第四个孩子的瘦小妻子需要他。只要她需要他，他就在。

*

酒吧里灯光朦胧。

她的目光先环视一周。只有成对儿的和成伙儿的。汤姆建议喝一种巴德出产的白葡萄酒。她点点头，他斟酒。

这一周过得怎么样？他问。

快累死了。她说，星期四那天看了一百零七个病人。你能想象吗？她喝了一口酒，摇摇头。

那匹老马怎么样了？

她大笑起来。它正发情呢，虽然已经是夏天了。今天它差点儿把我摔了下来，但尽管如此，我仍然爱它。

其他男人呢？他不怀好意地笑了笑。

她挥了挥手。那些男人——

她说话时，汤姆将玻璃杯擦亮。他的眼睛是蓝的，他的睫毛又黑又密。年轻的女人喜欢和他调情，而尤蒂特却问自己，是否能当他的母亲。他的络腮胡子修剪得很整齐。边上的头发被刮得光光的，后脑勺上的头发结成了一条辫子。他的身体很强壮，肌肉符合定义。但外表往往是骗人的。

在危险的情况下——这她很有把握——汤姆肯定不灵了。他的目光虚荣而又天真，他的天性和平而中立。从他的眼睛里可以看出他不是一个男子汉。

尤蒂特从一个银质烟盒里抽出一支烟，端着酒杯向门口走去。那儿有几个抽烟者三三两两地站着。其中有一个是她的病人。严重过敏，慢性支气管炎，中度红斑痤疮。

她转过身，靠在墙上。车辆呼啸而过，椴树散发着甜蜜的气味，有时候，这种气味会威胁着要颠覆城市的其他气味。楼燕在椴树上空飞来飞去。它们始终成群结队，飞得很快，发出尖锐的叫声。它们很快就要离开这座城市，不停歇地飞向赤道以南。它们在飞行中睡眠，但不是每一只都能做到。

后来，她考虑是否要让面前的一辆汽车停下来。

稍后，她登上一辆黑色的奥迪，她需要奔驰在夜晚空荡荡的马路上。汽车的扩音器里放的是一出威尔第歌剧的咏叹调。

她打开楼房大门时，听见背后有脚步声。有人将她推进门。他是汉斯。

他们迅速地登上楼梯。在她家的过道里，他把她逼到墙根，掀起她的裙子，扯下她的内裤，一只手伸到她的腿中间。她静静地站着，他的手指在忙活。他吻她的脖颈，继续抚摸着她。他知道怎么抚摸，他对她的身体了如指掌。

她坐在床沿，身子向后躺下。我想死你了。她说。

他刚走，她就睡着了。可是，两个小时以后，她又醒了。时间是凌晨4点。

5点，她起来，穿上运动服，顺着楼梯跑了下去，顺着马路向公园跑去。

7点钟，她冲完澡，坐在早餐桌旁。她的服务工作开始了。

8点整，司机站在门口——他是一个名叫塞巴斯迪安的医学系大学生。

可以叫我巴斯迪。他对尤蒂特说。她决定放弃尊称，改称你，以示恭维。

8点一刻，他们来到一座新楼，上楼。

女，八十二岁，尿道感染，发烧。

9点半，一个七十岁的脱水病人。整个房间散发着腹泻的臭味。烟灰缸满满的，窗户密闭着。尤蒂特填写了急救证明，对巴斯迪说，他应该通通风。

在汽车里，她睡着了。她从一首门[1]的歌声中醒来。人是滑稽的。大学生把音量调到更大，随着音乐的节奏晃动着脑袋。

12点之前，一个循环衰竭病人，女，二十六岁，明显

① 门（Door），20世纪60年代美国嬉皮士演唱的十首歌的总题目。人是滑稽的乃其中之一。亦译为人是奇妙的或人是奇怪的（People are Strange）。

地营养不良。她的住宅看起来像没人住似的。像医院那样干净。过道墙上贴着一幅凡·高的向日葵复制艺术品，卧室床后面是一幅椰子树图案的糊墙纸。尤蒂特向她指出并记下严重怀疑为消瘦病。

汽车收音机里放的是80年代的流行歌曲。她从包里掏出一张CD给大学生。您放一下这个好吗？她问。佩尔戈莱西①的圣母悼歌②立刻充满了汽车，一下子改变了气氛。

*

还在童年时期，尤蒂特就曾经半天半天地在教堂里的管风琴旁边度过。对她来说，那是最美好的时光，她在父亲的练习时间陪他去教堂。她觉得礼拜仪式的管风琴音乐很无聊，她喜欢协奏性的音乐作品。当她父亲演奏巴赫的乐曲时，她就裹着羊毛围巾坐在一张羊皮上画画，休息时

---

① 佩尔戈莱西（Pergolesi，1710—1736），作曲家。

② 圣母悼歌是一首创作于13世纪的诗歌，18世纪时配上素歌曲调后成为罗马天主教礼拜仪式中的一首歌咏。这首诗歌也吸引了许多古代、近代，乃至现代的著名作曲家为之配乐，如维瓦尔第、罗西尼、德沃夏克和席曼诺夫斯基等。而佩尔戈莱西的这首就是其中的经典之作。据牛津音乐词典介绍，这部作品是为圣母马利亚的七天哀悼日的继叙咏所作的谱曲。

听父亲讲作曲家的故事。

母亲在一家医院工作，三班倒。有时候，尤蒂特一连几天看不见她。

她自己六岁开始学钢琴。十二岁时她就能教他们家的一位朋友阿斯特·皮亚佐拉如何将对位法的经验运用于巴赫的赋格曲。

音乐无处不在。她每天弹钢琴，经常一弹就是几个小时，她和宝拉一起在学童合唱队唱歌。

宝拉是她唯一的闺蜜。

她们的性格不一样。宝拉沉默寡言，渴望被其他小姑娘接受。尤蒂特则早熟、莽撞，对姑娘们的事情完全不感兴趣。男孩子都怕她的冷嘲热讽，女孩子怕她的竞争。她经常站在校园边上看着她们。看女孩子们怎样三五成群地站着并咯咯地笑，怎样向男孩子们挑衅，怎样提高嗓门并让头发飞起来。有时候，宝拉也站在她旁边观看。

*

他们停在下一个病人的家门口。那是公园旁边的一栋别墅。

男，五十六岁，烟鬼一个。

一位显然很年轻的女人激动地说，她的丈夫胸口疼痛。他不想叫急救医生。希望私下商量。

不验血尤蒂特不能排除心梗，他的血压显然太高。她给了他一片速效药片并准备做出安排。当他拒绝时，她也不讨论。她给他解释风险，让他在拒绝书上签字，然后就走了。

吃午饭时间。她对正在玩手机的巴斯迪说。

然后她转动曲柄，放倒靠背，向后一躺，闭上了眼睛。

尤蒂特两点前就知道，斯文要白等了。她没有电话号码，写邮件取消约会她又没有时间。

医生，四十五岁，今天将独自一人坐在格伦德咖啡馆里。

巴斯迪顺利地开车来到下一个病人家里。

一次轻微的感冒。尤蒂特神经质地开了个处方，冷漠地说了声再见就离开了。

她忽然又想起与疾病保险认可医生联合会发生的不愉

快。她必须紧急做出书面表态。上个季度她扣除了太多的短时间咨询。已经对她进行过一次可以理解的考试。问题是荒诞的：天数太少，成绩太多。可事实就是如此。有些天她的诊病时间从早上7点开始到晚上8点才结束。中午吃外卖，饭后在治疗椅上小睡片刻，接着又继续工作。

她从母亲那里继承了工作热情。

一想起母亲她就会感到疲倦。这期间她每次打电话来都提出孩子的问题。最后一次就在前不久。没有，母亲，她说，外孙还是没有。她在听筒里听见母亲的呼吸，清楚地知道母亲此刻看起来多么严肃而又失望，后颈上的发髻变小了。眉毛被拔掉了，唇膏永远是相同的颜色。那是一种红褐色，早已不时髦了。

然后，她开车去马厩。她用硬刷子和软刷子刷洗她的马，直刷得它皮毛发光，找不到一点儿瑕疵，马鬃和马尾也被梳理过，看不到一根乱毛，马掌也锉了，还用杀虫剂处理了马耳朵和马肚子，终于可以骑着它到田野上去了，那里庄稼已经长高，可以顺着农业车辆的车辙骑行，麦穗抽打着她的腿。她赶着马，让它奔跑起来，跑了很久，直跑得马和她都汗流浃背才停下来，其他的一切事情都被置之脑后。

她拉下汽车里的遮阳挡板，照了照小镜子。眉宇间的皱眉纹又清晰可见了。她打算尽快约个时间去打针。

巴斯迪把车停在一幢尚未装修过的楼房前面。楼梯间的气味使她想起与宝拉一起住过五年的房屋。

宝拉和她——两个晚熟的女孩。十四岁时她们的胸都还是平的，十五岁时她们俩几乎同时来了月经，是她们那个年级来月经最晚的两个女孩，十七岁时她们才交了自己的第一个男朋友。

白皮肤、猛蹿个儿的宝拉在很短的几个月里发展为所有男孩追求的对象。她的外貌给人留下深刻印象，绿眼睛，红头发，皮肤白皙，动作柔软轻盈。尤蒂特正相反，青涩而且喜欢运动，野小子似的。

男孩们从她身边经过时会对她拉一拉自己头上的帽子，期待她厌烦地站住并发出刺耳的尖叫声，甚至盼着她从后面追来。那种相亲相爱的人才互相逗弄的游戏侮辱她的智商。她觉得他们就像遗传性被编了程序的渺小动物，可怜而又没有主见。他们的行为不受任何自我控制能力支配。

她的第一个男朋友是她的体育老师。

比她大十七岁，已婚，有一个孩子。

她在一家门口按响了门铃。一个男人开了门，请她进来。从靠后面的一个房间传来钢琴音乐的声音。尤蒂特熟悉，那是贝多芬的悲怆奏鸣曲第一乐章。墙上挂满了版画、素描和照片。

在卧室里的床上躺着一个女人。她头上裹着一个花头巾，床头柜上摆满了各种药品。她有气无力地举了举手，说话她会感到困难。

我的妻子玛雅。男人说。他自我介绍，文策尔·高尔德福斯。

尤蒂特坐下来，听男人说。玛雅患有乳腺癌，已经到晚期。夜里她会醒来，感到自己发烧。吞咽困难，头疼得厉害。自己上不了厕所。

我们不想去医院，他说，因此我们给值班医生打电话。

尤蒂特用这个时间进行检查。她估计这个女人大约五十岁左右，化疗削弱了她的身体。由于免疫力下降导致感染急剧暴发。

她检查了床头柜上的药品，考查了她对将要开具药品的承受能力。您必须咨询您的专科医生了，她说，本来我应该安排立刻送您夫人去医院。男人瘦削的脸上，鼻翼两侧深深的皱纹一直延伸到嘴角。但他的目光坦率而又明确，他的身体带着某种强有力的坚毅。

明天。说定了。

尤蒂特点了点头。她把大多数的病人看作未成年的被保护者，并对他们严格地表明了态度。然而，这两个人似乎知道他们要做什么。所以她补充了一句：在情况不好的时候，首先，如果烧不退，请您叫急救医生。同时把药方递给那个男人。

这时候，钢琴奏鸣曲已经演奏到第三乐章，尤蒂特猜钢琴家就是阿尔弗雷德·布雷德。文策尔·高尔德福斯第一次微笑了。

这您也能听出来？

差一点儿我就成为女钢琴家了。她说着耸了耸肩。

当她和巴斯迪肩并肩下楼时，她注意到有一种令人心烦意乱的感觉。她有些妒忌那个生病的女人。玛雅·高尔德福斯快要死了。但她以前从未有过像这两个人之间那样亲密的强烈感觉。

在去看下一个病人的途中她沉默不语。

巴斯迪是个好司机。没有急刹车，也不猛踩油门。他轻轻地驾驶着汽车穿过城市。尤蒂特闭上了眼睛，几秒钟之后就进入轻度的睡眠状态。在漫长的医院周末两班倒值夜班期间，她必须学会利用每一个间歇休息。尽管如此，她从未对自己决定学医而感到后悔。

的确，她也可能成为一个基础牢固的钢琴家。然而，这种把握始终没有超出中等水平，从未闪耀出光辉，她不仅考虑过放弃能力考试，而且完全放弃了弹钢琴。

当她在莱比锡第一次走进阶梯教室——那是一次解剖学讲座，她顺着台阶走下去，坐到第一排中间的一个位子上，拿出笔和笔记本，不大一会儿，她未来的情人就引起了她的注意。

弗里德曼·施瓦尔兹，已婚，有两个孩子。

他们在一套特意为了约会租下的房子里会面。通常主要由学习和假期组成的第一学期生活从尤蒂特身边擦身而过了。她的活动几乎局限在学生宿舍、德国国家图书馆和森林路小区的那套顶层房屋之间。

床是这套房子的中心。透过顶层房间的斜窗，弗里德曼和她在一起仰面看见的是早晨、中午和晚上的天空。有时候，雨点猛烈地敲打着天窗的玻璃，有时候直射的太阳照耀着他们大汗淋漓的身体，有时候窗户被雪覆盖着。冬天，他们在苍白的没有阴影的光线里缠绵，这种时候，他们会觉得自己的所作所为与外面的世界没有任何关联。床的周围全是他们爱的游戏所需要的一切。在这套房屋里，在这个房间里，在这张床上，通常的规则一概无效。

当警觉的女性观察者们将谣言传播开来的时候，她成了教授的婊子，她也不否认。在各个学科上完全不费力的理解使她疏远了所有其他同学。她不参加小组讨论，也不出现在任何聚会上。周末，她在郊外的一个马圈和一匹名叫赫尔库勒斯的阉马度过，那匹马的女主人不能经常来给马足够的关心了。

尤蒂特拿不准要不要把动物协会摆在其他人的协会之前。

四个学期之后，她作为年级第一名通过了医科大学预科考试。第一个知道这个消息的是弗里德曼。他们在床上用香槟酒来庆祝。尤蒂特从来没有要求他和妻子离婚。她要的只是他最好的东西，不想要不是她亲生的孩子，也不想要那位被抛弃和被欺骗的妻子的恨。

结束这次丑闻的是弗里德曼。他再也不想在这个欲望的黑暗领域里继续被诱惑了。在告别的时候他对她说道，从前，人们会把她这样的女人当巫婆烧死的。

巴斯迪拐进一条两旁有树的街道。他把车停在第二排停车位。

一栋50年代的楼房，楼梯间有一股清洁剂的味道，门后住着间谍[1]，令人窒息的狭窄。

女，七十一岁，白衬衫的纽扣系得严严实实，下面是一条蓝色的百褶裙。

书架上是马克思和恩格斯的著作，俄国古典主义和打着捆的德国文学必读作品。五斗橱上摆着一个男人的照片。他穿着人民警察的制服，胸前佩戴许多奖章。一条黑色的缎带挂在橱柜的右上角。屋子给人的感觉是，好像这个女人整整一辈子都住在这里面似的。住在这里是德意志民主共和国时期的一种特权。好的地理位置，中央供暖，有热水供应。

① 这里暗示的是德意志民主共和国时期，国家安全部在普通群众中发展了大量的线人，监视并举报同事的一言一行。

她的家冬天是冷的，满是窟窿的镶木地板会剐破丝袜。旧别墅的窗户不严，储煤的地下室里满是蜘蛛和幽灵。只有在夏天她不想和别人交换住处，那时候，冬天关闭的花园门会完全敞开，她弹钢琴累了就站起来跑进花园里。再有她喜欢父母亲的朋友来访和过节，那时候，她可以把蛋黄利口酒倒进巧克力杯，参与大人的谈话。她喜欢和大人一起谈话，但不是和母亲，母亲不想听她那种早熟的饶舌，希望她最好还是加入别的孩子群里去，母亲使她在那些夏天的晚上在古老的树下感到扫兴，而她就愿意在那儿和父亲的朋友一起坐在桌边。

在这个女人描述她的症状时，尤蒂特想，那些像她和那张照片上男人的那种人，他们曾经使她父母亲的生活变得困难。带着党的标志的人有某种权力。他们把毒性作用散布到下一代最后分支——直至尤蒂特的生活。

当那个女人描述她的疼痛并指出她后背右下边有一片水疱时，尤蒂特想到，那种损伤可能引发带状疱疹。带状疱疹后神经痛[1]能导致严重的灼伤般的疼痛。外围神经麻痹也不少见。

① Post-Zoster-Neuralgia。

她再次看了看那个男人的照片。她看着老女人的眼睛并介绍了自己的母亲，她曾经怎样一次又一次在医院值班计划上以及夜间、节日和圣诞节期间的周末值班人员名单上找到自己的名字。她想起自己圣诞夜在冰冷的教堂里一次又一次和宝拉一家人坐在一起，因为她的父亲在指挥合唱，而她的母亲在医院里值班。

她看见窗外一个远处的新楼群。在这里居住早已不再是特权。然后，她开了一种抗病毒的药物就告辞了。

刚过19点，巴斯迪就把她送到了她自己的家门口。

她开始煮茶，吃了根香蕉并打开电脑。

斯文来信了。

遗憾。我们本应该交换电话号码的。明天晚上再试试行吗？给我打电话。

他在自己的电话号码后面加了一个笑脸。

尤蒂特打开下一条信息：李希特，五十二岁，附有照片。

尊敬的陌生人，如果可以邀请您一起散步并喝咖啡，对我来说将是一件非常高兴的事。您的个人资料引起我极大的兴趣。我们大有希望的匹配结果使我满怀希望地等您答复。衷心的，G.H.

尤蒂特看了看他的个人资料，一米八二，不抽烟，两个孩子，不负担孩子的生活费，体育锻炼每周数次。

怎样开始完美的一天：和一个我爱的女人在一起。

对什么有过敏性反应：言而无信和肆无忌惮。

对您来说重要的三件事：孩子、最爱的人和艺术。

她再次看了看他的照片。十四年的年龄差显而易见。

尽管如此，她还是检查了一下与G. H.的匹配结果。

您的配对角色图片完全一致。在我的男性方面一栏她和他的匹配程度显示的都是104分，在我的女性方面一栏都是109分。在您有多么善解人意方面一栏他们俩都高出平均水平，达到118分。在准备适应方面一栏尤蒂特只达到85分，而对方则达到109分。

在准备协调、撤退倾向、慷慨和贯彻个人意志方面一栏，他们最多相差两至三分。

她很少得到这样一个匹配结果，G. H.得到了回复。

半个小时以后，她坐进汽车。在加油站，她买了小熊糖、全奶巧克力和一包烟。不一会儿她就把车停在了宝拉楼下的禁止停车区。

宝拉开开门。她的高颧骨明显地突出了。她化了妆，穿了一件彩色的衣服，但这还不算什么。为了知道宝拉现在的真实情况，尤蒂特微笑的时候向孩子投去一瞥。

莱尼从未远离她的母亲。大多数情况下她都在母亲的视野之内，她画画或者玩她的动物玩具。大象、乌龟和刺猬是她的最爱。今天她看起来很放松，几乎可以说很高兴。她向尤蒂特问好，为她得到的甜食而高兴。她抓了一撮小熊糖塞进嘴里，又沉浸在自己的游戏中。

宝拉还活着就是一个奇迹。尤蒂特以前从未见过一个人变得如此暗淡无光。

对不起，我昨天没有再次打电话。她说。

宝拉为这个装出来的、尤蒂特不能忍受的微笑扭曲了面孔。她把水倒进一个锅里，从柜子里拿出两个杯子，将两包袋装茶分别挂在杯子上，说道：一切都那样没有意义。

尤蒂特把手放在宝拉的肩膀上。然后，对她说了她一再重复的话。随着时间的推移，一切都会好起来的，她必须强迫自己将目光瞄准好的事情，总有一天会重新高兴起来，会找到新的爱。但宝拉只是摇头。我将再也不会有性爱关系。我被伤害得太深了。

莱尼中断了她的游戏。她十分安静地坐在地上倾听着。然后她站起来，走向宝拉，搂着母亲的脖子。

尤蒂特把脸转到一边。

后来，她们站在阳台上抽烟。

今天，尤蒂特说，我看见了真正的爱。

接下来她讲述了文策尔·高尔德福斯和他的妻子玛雅。她描述了那种温柔的接触、温暖的目光和那种明摆着的事实。那个女人就要死了，她说着，深深地吸了一口烟并把烟圈远远地吐向晚上的天空，但她看起来并非不幸福。

宝拉微笑着，同样吸了一口烟。我们应该更聪明，她说，但现在已经为时太晚了。现在人们会注视我们，觉得我们有些不对头。

我们这个词使尤蒂特感到受了委屈。但她没有问为什么。她不想知道她觉得哪儿不对头。不是今天。她们同时望着晚上的天空。

在告别的时候她们拥抱在一起。

如果有事，就打电话！尤蒂特说，在下一个台阶上她再次转过身来，可是，宝拉已经把门关上了。

G.H.没有回复。

虽然他在线上。

她再次检查了一下匹配结果。在您从哪个角度观察世界？的问题下面有三个选项：直觉、感觉和理智。他给出的结果很刺眼。直觉和理智达到的高分远超过平均水平。相反，尤蒂特给出的结果仅得了81分。感觉刚好达到标准区。只有在理智上她超过他。

在家庭生活方面，两个人都是稍微超出80分，但在希望调节生活方面他们的得分都在平均水平的上限。

以心理测验为基础的匹配结果完全是可操作的。然而，尤蒂特出于真正的好奇，填写的情况完全坦率而又真实，所以她很快就对结果感到吃惊了，最后不得不承认，这个估计适合她的天性。

她多么经常无理性地让男人进入自己的生活啊！而她一次也没有觉察。理智多么经常地用一些事情欺骗她啊！而那些事情后来都被她当作粗心的误判陈列出来。

这期间她已经不信任理智了。理智能够找到赞成和反对的一切理由。没有什么能保持一个价值，没有什么是绝对的，一切都是可商量的。没有通过本能的调节，精神和智力实际上是没用的。

尤蒂特看了看表。快22点了。G.H.仍然没有回复一个字。

这种等待很糟糕。即使是她不喜欢的男人，只要他让她等，她就愿意等到最晚。她睡不着觉，书也读不进去。所有的想法都在瞄准那个等待结束的瞬间。

以前，宝拉与她住在一起的时候多么好啊！她们一起喝酒，互相分散注意力。一种方法不行，还有另一种。有这种信任，几乎任何失败都可以忍受。但后来卢德格来了，带走了宝拉。

23点之前，她合上了电脑，清醒地躺到床上。

她需要一个成功的经历。她知道长期缺乏多巴胺和血清素会引起什么结果。免疫系统会变弱，灾祸会使人生病——就这么简单。

她需要一个男人，虽然她早晚都会鄙视他。

有时候，她在其他女人的慷慨面前不知所措。她们的评价非常温和，她们对自己的男人非常温柔，她们接受并忽略自己男人的弱点时非常慷慨。

她睡着的时候已经是深夜，但在3点半之前她又自己哭醒了。直到凌晨她才又一次坠入深度睡眠。

尤蒂特到诊所时迟到了一刻钟，候诊室里最后一个座位都被占了。她没理睬西格伦责备的目光。她不允许更年轻的女助手发生这样的事情。西格伦可以，因为她一个人带三个孩子，诊所不能少了她。

早上好，马上开始！尤蒂特对周围的人大声说，匆忙走进1号诊疗室，穿上白外套，洗了手。第一个病人的索引卡片已经摆在她面前。她通过呼叫设备呼唤李希特布劳夫人。布里达·李希特布劳夫人是为睡眠问题而来，她带着一包打印的资料。

小说写完了？尤蒂特问。

布里达答应了一声，把橡皮筋固定的一摞纸砰的一声放在桌子上。如果您能一个星期读完，那就太好了。请注意专业术语方面的正确性，除此以外，您不必太在意。

尤蒂特点了点头。然后呢？她问，然后会发生什么？

如果一切顺利，它将在半年之后出版。

布里达·李希特布劳夫人忽地一下站起来，她踩着那双高跟皮靴迈开大步向门口走去，她再次回过头来，热情奔放地说了声：一千次地谢谢您！

她的长辫子像一个花环那样盘在头上。这个老式的发型像一个伪装，为了隐藏大量的头发。布里达使尤蒂特想起了自己。想起自己的适应环境。想起自己童年的事情，她曾经失去控制并听任自己的力量发泄。正如她父母亲说过的那样，在这方面，她劳神费力而又讨厌，很难让别人喜欢她。所以，没人愿意和她交朋友也就不奇怪了。

但情况并非如此。尤蒂特有一个女友。她就是宝拉。

在上午剩下来的时间里没有任何有趣的病人来。

她例行公事般地独立处理着各种病例。只有很少的病例使她感到难过。她不知道应该怎样每天上百次地展示同情。在问候时她看着每个人的眼睛，但只有在她能够断定传染性疾病可能性极小的情况下，她才在告别时与病人握手。

她在街角一家亚洲餐馆里匆匆地吃了午饭之后回到诊所。西格伦坐在接待柜台旁边的工作台前，桌子上堆着一摞杂志。面前是可乐罐、面包以及蔬菜条。尤蒂特祝她胃口好，走进1号诊疗室。她坐在电脑前，看G.H.是否给她写了什么。

什么也没有。

她再次看了看他的侧面像。

在我的一个正面的标记标题下面，他写道：这一点别人能够做出判断。而在回答我永远不能离开的两件事时，他写的是：任何东西都是可以替代的，人不是。

正当她向下滚动的时候，斯文发来一条信息。

没有你的信息，你也没打电话。不再感兴趣了吗？拒绝应该礼貌一点。斯文。

她真的把斯文忘记了。五十二岁的法官把四十五岁的医生，不费吹灰之力地挤到一边去了。

我希望，我能够……不仅宣判，而且能够确立正义。她继续往下读，然后又回到斯文名下并写道：亲爱的斯文，我只是太忙了。今天晚上怎么样？20点钟在巴塞罗那酒馆？

G. H. 乐意见见哲学家罗伯特·施佩曼，而作为第一次见面的地点他提出在罗森塔尔的大橡树下。

他没有提供攻击面，也没有提供嘲讽的可能性。尤蒂特认为，不用见他，也会认真对待这个男人。

斯文发来三个笑脸和行，乐意。待会儿见！

G.H.继续沉默着。

下午的诊疗时间开始，第一个病人患的是典型的蜜月型膀胱炎。接下来是一个上了岁数的呼吸困难的男人，检查显示他的肺部功能破坏严重，她把他直接转给了肺科医师。一个患肠易激综合征的女大学生，一个越来越沮丧的四个孩子的母亲，一个患有皮皱褶炎症的超肥胖的老女人，一个两个脚指甲向内生长的男人和一个声带发炎的女高音歌唱家。

这一天结束时，仍然没有G.H.的任何信息。

*

当她走进酒吧时，斯文已到。他站起来向她走来。

嗨，他说，见到你真好。

他个子不高，但有着运动员的风度，挺有魅力。他的步态有弹性，握手有力，但并不过分。他帮她脱下大衣并挂到衣帽钩上。然后，他问是找个桌子坐下还是坐在吧台前，想不想吃东西还是只想喝点什么，是否直接从诊所来，是否因工作而感到精疲力竭。他今天下午早早地就下班了，已经跑了十五公里，房间打扫过了，因此可以示人——永远不知道谁可能经过，他同时眨了眨眼，然后就稍微提前一点来了，为的是占个好座位，现在看见她真的很高兴。

那匹马怎么样了？尤蒂特在一个呼吸的间隙问道。然后，在她翻开菜单的时候，斯文报告了那匹马的关节病和他喂了什么，做了什么，为了更快地缓解症状，他添加了：亚麻油、维生素、锌和硒，而且定期和它一起来回走动，希望不久就能够骑马出去。然后他就不再说话并且笑了起来，他的笑容并非不讨人喜欢。

当尤蒂特决定点西班牙小吃和一种红酒时，斯文讲起他每个星期的运动计划。他每天进行哪些锻炼，他不仅参加莱比锡的铁人三项，而且也参加汉堡、柏林和慕尼黑的铁人三项。

他不喝酒；她已经知道他不抽烟。

他们的谈话不费力，吃饭的时候，也不拘束。尤蒂特又要了一杯酒，斯文又要了一杯水。谈话无目的地缓慢进行着，他巧妙地深入主题，而他身上有某种使尤蒂特烦躁的东西。皮肤保养得很好，身体训练有素，精神健康，积极向上。那为什么单身呢？但这个问题反过来也成立。

自从她踏上交友平台之路以来，怀疑始终存在。想用这种方式找到女人的男人给出的说明往往不可信。好像她本人也有点不对头似的。

斯文从口袋里掏出手机，匆匆看了一眼又装回去了。他直截了当地问她有没有兴趣一起去他家。一般说来，第一次见面不会提出这样的建议。尤蒂特和一个男人睡觉，都是在第二次或第三次见面之后。但是，刚才喝的酒起作用了，一种舒适的放松让她轻浮地同意了。

斯文是骑自行车来的。他告诉了她他家的地址，就说了声：待会儿见。

她停车的时候，他已经到了。他懒洋洋地站在楼门口，两手插在裤兜里。尤蒂特虽然喝了酒，但仍然毫不费力地把车停进一个狭窄的车位，跟着他上了五楼，看得出这座出租楼不久前刚翻修过。

一进门，斯文就脱了鞋，把鞋整齐地放进一个黑色的鞋柜里。尤蒂特也同样脱下她的芭蕾舞演员穿的平底鞋，赤脚经过冰凉的地板，走进客厅。她看见一个巨大的平板电视屏幕、一套音响和一个放CD的架子。几乎没有书。

当斯文拿着两个杯子和一瓶水从厨房出来时，她已经想走了。

静。那么静，当她把腿交叉着转移重量时，她觉得仿佛出现了喧闹声。皮沙发，是红色的。

我可以让你看点什么吗？斯文问，同时把遥控器拿在手里。

平板电视屏幕上立刻出现了一张图片。现在，尤蒂特知道，她必须走了。

电影里的女人右手握着一根鞭子。同时，她的声音温柔而又坚定。

凡是我们需要的东西，我这里全有。斯文小声说道。

尤蒂特点了点头。她轻轻地抚摸了一下他的胳膊，然后，放下杯子，站起来，离开了。

在她发动汽车之前，她把令人感到舒适的钢琴曲光盘放进播放器，调高了音量。前奏曲和赋格曲，绝对和谐，对位和复调音乐的完美应该可以抹去刚才看到的图像。

她从停车位开了出去，立刻加大油门。她很清醒。她飞快地穿过黑夜，与此同时，C大调前奏曲让斯文的狗一般驯服的目光逐渐淡化并消失。在c小调赋格曲终了时，她到达自己的家门口。本来她宁可继续行驶，直到听完整整二十四个半音上升的乐章并在h小调时才停下来。

她顺着楼梯走上楼，在身后把门轻轻地关上，倒了一杯伏特加并卷了一支烟。

此刻她确定这是在自己家里了。这里没有平板电视和色情电影，没有冰凉的塑胶地面，尤其是这里没有其他人。

尤蒂特登录交友平台。她封了斯文的个人资料，没有理睬新的交友建议并决定休息一段时间。午夜之前，她躺在床上。但却睡不着。

*

周二晚上，她和汉斯一起去看电影，接着他们激战了半夜。

周三上午，她在一家咖啡馆遇见了宝拉，然后，她带莱尼一起开车去骑马。

周四晚上，她在开车去马圈的路上和自己的父母亲通了一次电话。在跑马场上她骑了整整一个小时，然后开车回家，洗完澡就去她继承的酒吧，坐在那儿看布里达·李希特布劳的手稿。她不认识现在的调酒师。她询问汤姆哪儿去了，这才知道他旅行去了，而且已经走了一段时间。目的地是亚洲——泰国和缅甸。布里达在手稿的有关页面上贴了些小纸条。小说的主角是一位双相急救女医师[①]，尤蒂特在她的一生中也不会认识这样的医师。

周五下午，她用拖车把她的马送往达莱纳草地。她穿过森林、草地和田野，骑了三个小时马，大多数时间是步行和小跑。她碰见了两个不认识的骑马人，他们是一对儿年轻人，带着狗和护林人。要是在路上没碰见他们就更美了。

夜里她睡了一个整觉。

周日早晨，她的早餐吃得很丰富，有鸡蛋和水果，她在浴室里待了很久，用咖啡和烟款待了自己，然后她跑步去市中心。

在一家咖啡馆，她遇见了布里达。她给她解释了小说里的更正情况并听取她的担忧。她能够很好地——解剖、分析和归类别人的性爱关系，她始终知道自己要做什么。布里达感激地听着。

后来她买了一双红色的系带高跟靴子，一件浅灰色大

---

① 只有双相情感障碍、急救医师的说法，没有双相急救女医师的说法，这是不够专业的词语。

衣，一条波尔多红围巾和一堆内衣。当售货员把信用卡在阅读器划过的时候，她感到一阵空虚，到家以后，她把几个纸袋漫不经心地放到更衣室旁边。

然后，她打开电脑，戴上耳机，贝多芬的最后一首钢琴奏鸣曲响起来时，她开始查看邮件。

亲爱的J.，

我要做一个诚实的人：因为联系另外一个我感兴趣的人，妨碍了我及时答复您。我突然觉得自己很卑鄙，同时与两个女人交往。我不能也不愿意给您写信表示拒绝，因为我真的同样对您感兴趣。另外的那个联系已成过去，我再次给您写信，希望一切都没有变得太糟糕。

我很乐意和您见面，假如您没有被这种不留情面的诚实吓到，而且也许没有感到被伤害，那就请您回个信。未来的一周我开始休假，可以完全听您支配。

顺致衷心的问候

G.H.

* * *

尤蒂特醒了。

夜里，一场秋天的风暴扫过这座城市。风摇晃着树的枝条，枝条抽打着窗户并将最后的树叶撕掉。她晕晕乎乎地走进浴室。在去浴室的路上她不得不扶着墙壁。她的血压比平时有点儿低。当淋浴花洒将水柱喷射到她的乳房上时，她浑身一颤。她的乳头开始变硬而且敏感了。

她觉得脸上黏糊糊的。她发现原来那是润肤霜，她糊涂了。她轻柔地拍打着面部，往眼睛里点了滴眼液，但早晨的疲倦仍然粘在她的脸上。浴室的灯光使她感到刺眼。她把灯关了，又照了照镜子，她把脸转过来又转过去，可那奇怪的感觉仍未消失。

在上班的路上，她听着舒伯特的钢琴三重奏2号。行板让她泪如泉涌。她关闭了CD，打开车窗，吸了一口早晨凉爽的空气。

有点儿不对头。

在下一个红绿灯前，她拉下遮阳板，重新照了照镜子。她在脑子里过了一遍头一天的病人，他们的病和传染的可能，但他们的症状都不太典型，难以归类。

她停好车，顺利地走完通向诊所的最后几米，感到仍未摆脱那种直接与这个世界相连的特殊感觉。她闭上眼睛，然后又重新睁开，仍然没有任何变化。她的感觉仍然和平时不一样。仿佛空气变得更稠密了，仿佛来自周围世界的信息在这种稠密中传播得更清晰了。

像往常一样，候诊室已经坐满。午休前，她看了四十七个病人。没有像平时那样对病人不耐烦，对一个仅仅因为流鼻涕就不想上班的人，她也慷慨地开了病假条。午休时她让苏西过来，继续工作。她仔细地看了看几个验血结果，搜寻那个她要求再来诊所的病人的索引卡片。坏消息不能打电话转达。她写了两个会诊报告给心理治疗科，每一个报告都带有诊断书F43，2——适应障碍或者带有情感影响的可作为罪证的事件。

她必须给一个同龄女人发出一个令人担心的通知。超声检查引人注目的肿瘤标记很高，意思是癌症已得到证实。现在她必须把一个怀双胞胎的母亲送去做超声心动图和电脑断层扫描。要是怀疑的胰腺癌确诊，那她的时间就不多了。估计她首先会想到自己的孩子而不是她自己。尤蒂特经常碰到这样的情况。为了孩子她们想活着。为了孩子她们要斗争。但是，这种癌症治愈的希望很小。

她伸手去拿一个寿司卷，先蘸了一点儿芥末酱，然后蘸了一点儿酱油，送到嘴里。

假设的可能是这样：在同样的诊断、同样的年龄和差不多相同的状况下，活下来的是那些有孩子的人，平均来看，她们的生命长于没有孩子的病人。

假如她自己遇到这样的情况会怎样呢？这个问题在她的头脑里敲击着。尤蒂特离开厨房，穿过候诊区，打开窗户。然而，马路上的噪声却没有盖过她的念头。

她还有四十五分钟，接着下一批病人将到来。然后又是每个人希望她尽力而为，不要疏忽大意，不要出错。她不会出错，这里有一种很深的意义。这是她觉得值得为此而生的东西。

从诊所下班之后，她立即开车去骑马。

她用半个小时洗马并清理马掌，然后她备上马鞍，把它牵到跑马场上，摆了两个半高的障碍。十分钟热身，慢跑了几圈，然后她让马小跑片刻，接着就奔跑起来，在跨越障碍时先左手控制，然后右手控制，然后环行，勒住马并转为缓步。在放开缰绳的情况下她让马走了半圈，马伸展了一下四肢，打了个响鼻，接着尤蒂特又拉紧了缰绳，开始奔跑并跨越障碍。十分幸运。每次都很成功。完全可以信赖。

回到家后，她开始煮药茶，然后刷牙，脱了衣服，端着茶壶上了床。她给格里高尔（即G.H.）写信祝他夜安，他立刻做了回答。然后，她读了几页新的巴赫传，喝了茶，合上书，熄了灯，几分钟之后就睡着了。

自从她和格里高尔在一起之后，她的睡眠更好了。

事情简单得有些奇怪。他们在托马斯教堂墓地相遇，从巴赫纪念碑那儿出来，他们在黄昏中散步，接下来在一家日本餐馆吃饭。他们足足谈了三个小时。先谈工作，后谈兴趣，最后谈到他们对这种关系的期望。口吻一本正经。好像爱情是一个契约，他们检查了每一个条款的隐患，谈判并达成一致。

他们对丑闻不感兴趣。他寻找的是一个伴侣，一个聪明的对立面。他想把精神和肉体的亲近合二为一，同时他觉得好像后者比思想和感觉上的亲密联系更可以放弃。他认为住在一起是可以想象的，然而也不必强迫，更不是无论如何必需的。对他来说，忠诚是重要的，但在他的性能力衰退的时候，他准备容忍对方私下里出轨。

在他们第一次和接下来多次见面时，他都没有表现出男人的性冲动，尤蒂特一方面需要这样，另一方面她又有些厌恶。他追求她，不慌不忙。他的平静而又智慧的方式引不起她心中任何过度的情感。热恋的病态症状完全消失。

他们见面的时候，他亲吻她的面颊，询问她的每一天。然后，他的灰绿色眼睛会紧盯着她，他的精致上翘的嘴角有时候露出一个嘲讽的微笑，他的手时不时地摸一下他那灰色的短发。那是尤蒂特喜欢的对称。格里高尔脸上没有任何令人恼怒的东西。

他喜欢注视她。她喜欢听他说话。她应邀出席了他的一次庭审。他是高等法院的审判长，高等法院审理申请避难案件并对马格里布[1]国家、叙利亚和巴尔干国家的难民进行辅助支持——他们作为原告起诉那些向他们发出拒绝通知的有关当局。

我宣誓，我将忠实而又认真地翻译。翻译宣誓的时候，格里高尔再次微笑了。然后他只望着原告、翻译和一脸无聊的律师的面孔。

---

① 由突尼斯、阿尔及利亚、利比亚和毛里塔尼亚等地处北非马格里布地区的国家组成，简称马盟。常设秘书处设在摩洛哥的拉巴特。

格里高尔关于当前形势的知识是全面的，其他带有专家鉴定报告的卷宗一天又一天地不断增加。他和他的同事是第一审。对他们的判决可以提出异议。即使所有的审级都肯定了，遣返也很少被强制执行。不加批评的、费力的工作常常无果而终。

他平心静气地给尤蒂特讲述这些事情，就像讲述他自己和自己的过去。他的两个孩子都长大了，妻子有了新欢，离婚之后，三年来他一直单身。

他们长距离散步、听音乐会和吃饭。他买单，他给她开门并扶着门，他帮她脱大衣然后又帮她穿上。他以这样理所当然的方式打发时间，尤蒂特对此不加评论。

就这样整整一个月过去了，他们才第一次睡在一起。格里高尔决定就在这天夜里。他看她的时候，目光不再是只带着兴趣，而是带着十分的把握。

这时候，对她来说，性已经不是什么特别的事情了。有时候，她想起汉斯，他的双手怎样使她的身体发出清脆的响声。正当格里高尔压在她身上并在她身体里面运动的时候，她已经想请他在床上放下他的礼貌了。但是，他从枕头下面取出了避孕套。当尤蒂特领会了他的意思——必须做什么以便让她也达到高潮的时候，他已经完事了。后来，他也还是关心她的兴致，他从她身上滚下来，躺在她旁边，把她拉近自己，温柔地亲吻她的后颈。

尤蒂特睡着了。她醒来的时候，发现自己还躺在他的胳膊上。三个小时过去了，三个小时，在这期间他一直没有松开她。

*

神经过敏持续了三天。即使柔软的睡衣衣料滑过乳房，也会让她感到痛苦。

她坐在马桶上，把刷牙的杯子放到下面，向里面撒尿。

两条蓝色的条纹。

她把尿液倒进马桶，将检验条扔进垃圾桶，开车去诊所，在那里她简短地问候了一声，看也没看候诊室里的人就穿过去，在身后猛地关上了1号诊疗室的门。

上午接诊时间结束时，她失去了耐心。她生硬地打断了一个上了岁数的女人的话，为了描述自己的病情，她从很久以前讲起。她建议这位在一个月内多次提出申请的疑心病患者直接去找心理治疗师。

中午，她在一个亚洲小吃店喝了一份辣味椰汁豆腐汤。橱窗里有一棵橡皮树，树上有一条闪亮的灯光链和一个塑料圣诞老人。在等候她点的饭菜时，她观察着其他人。没有例外，每个人都在敲击着自己的手机键盘。尤蒂特也从口袋里掏出自己的手机。她给格里高尔写了一条信息，但没有发送。

她知道事情是什么时候发生的。

大概是从三周半之前的那天起，格里高尔反常地一次也没有和她联系。她觉得在诊所的那几个小时被无穷无尽地拉长了。他们约定晚上见面，可是到晚上还早着呢。两点之前她就和女同事们说了声周末快乐，在停车场，她把压在汽车右边雨刷下面的罚单抽出来，扔到副驾驶位置前面的其他罚单上面，开车回家并换了衣服。

她以创纪录的短时间征服了她的十公里跑道，而且一次也没有看手机。回到家她就跳进浴室，每隔一分钟看一次手机，手机屏覆盖着一层蒸汽。她用手纸把镜子擦干净，给睫毛和嘴唇化了妆，嗅着她自己的恐惧。

他的沉默在折磨着她，噬咬着她的内脏，使她的双手发抖。一个使她的植物神经失去平衡的男人是危险的。她徒劳地尝试着说服自己这没有什么可怕的。身体比精神更聪明。

格里高尔迎接她时保持着友好的距离。飞快地吻一下脸颊仍然是唯一的接触。他的目光躲避着她，他的脸上有些异样。他看起来很恐怖，仿佛衰老的过程完成了一次飞跃似的。她感觉到自己的双手开始发抖，手心满是冷汗。

尤蒂特一口没吃，当格里高尔站起来并开始收拾餐具的时候，她从他的手里接过去，又放回桌子上。

他又重新坐下。

然后他问道，她的目的是否真的是只在乎他，而不是仅仅为了克服自己的寂寞。

性交与文化，格里高尔继续说道，不是他所渴望的。然后，他又重复了这句话，他觉得这句话表达方式的准确性首先在于说出来时显得引人注目。

性交与文化，性交与文化。

他讲述他的一天。

早晨他发现自己的汽车轮胎破裂了。他第一次上班迟到。

下午，他借助聪明的问题揭露了一个叙利亚人的逃亡故事就是一个谎言。那个男人明白，事情已经败露。他站起来，推开了试图使他安静下来的律师的胳膊并开始说话。格里高尔没有要求他遵守秩序，而是让译员翻译他的话。

那是他的国家里一句骂人的话。那句话预言了他的毁灭。

当格里高尔回到自己的办公室脱下法衣的时候，他已经很疲倦了。

我需要一些美好的东西，他对尤蒂特说，*我需要幸福*。

事情一定是在这一个夜里发生的。

尤蒂特用勺子舀着汤，望着亚洲小吃店的窗外。外面雨雪交加，风很大，行人都弯着腰，把脸裹起来。几乎没人骑车，汽车排成了队。餐馆里面烟雾腾腾。汤的辣味使她眼里涌出泪水。

她穿上自己的羽绒大衣，跨进直接违规停在小吃店门口的汽车，放着*冬之旅*的音乐，去莱比锡东城区出诊。

女，六十八岁，单独生活。

尤蒂特关上电视，倒了满满的烟灰缸。她打开窗户，仔细地看着那个女人的腿。这是半年之内的第三次静脉发炎了，她用有些病人需要的应理解为情况严重的那种声调说道，现在我就安排送您去医院，出现血栓的危险太高了。

不大一会儿，当赶来的急救护士架着呼天抢地叫喊的女人的臂膀走下楼梯的时候，尤蒂特又给格里高尔写了一条消息。我必须见你，我怀孕了。她走到外面，把大衣的拉链一直拉到最上面，把风帽套在头上，又看了一遍刚才写的信息并发送给宝拉。

*

宝拉迎接她时穿着运动鞋、运动服，脸上通红。莱尼坐在餐桌前将擀开的面团用模子压制成小点心。自从开始跑步以来，宝拉的状态令人惊讶地好转了。

我们要立刻谈一谈，她说，我要快点先洗个淋浴。

尤蒂特坐到莱尼身旁。她们一起压制天使、圣诞老人、铃铛、心和星星形状的小点心。莱尼问她，马怎么样了，她什么时候可以再去骑马。尤蒂特答应下次带着她。

当宝拉穿着浴袍，头上裹着毛巾，抚摸着莱尼的头并吻了她的前额时，尤蒂特移开了视线。

宝拉把装满小点心的白铁托盘放进烤炉，设定了时间，然后送莱尼去她自己的房间。

她一定知道，在这种事情上宝拉不是一个中立的顾问。在莱尼出生之前，筑巢的欲望在她心中像图画书一般地爆发出来。莱尼出生之后，她就和卢德格以及婴儿变成了蛹。有几个月之久，他们完全处于一种共生的统一状态。

你会变的，她说，你会害怕，那是你以前不熟悉的怕，会感到疼痛，比其他任何疼痛都更厉害。

尽管如此，她还是建议尤蒂特，把孩子生下来。

格里高尔知道了吗？她问。

尤蒂特摇了摇头。

你不想告诉他吗？

是的，我不想告诉他。尤蒂特被激怒地回答道。

她站起来，望着窗外。

楼房对面的住宅一片通明。一个孩子坐在悬挂于两间屋子之间的秋千上。所以，孩子一会儿出现在这个窗户里，一会儿消失并立刻出现在另一个窗户里。左边房间里站着的是母亲，右边是父亲。双方都在为疯狂的秋千而感到快乐。

尤蒂特徒劳地想象着母亲的角色。她的头脑里没有和孩子一起的图像。因为没有图像，所以不会有孩子。

*堕胎之后你去接我好吗？*她问。

宝拉迟疑地点点头。外面开始下雪了。

*

当尤蒂特带着旅行包出现在医院里时，还不到早晨8点。她已经十二个小时没吃东西了。诊所在一栋公寓楼的底层。她和几个别的女人被一个女护士带到手术区。她们被分到三个房间。她们被吩咐脱衣服，躺在床上，等候麻醉师。

不是所有到这儿来的女人都是出于同样的原因。

有的要去除宫颈息肉，有的要取子宫黏膜组织样本，有的是为了刮宫止血。从病人中区别出来的尤蒂特和另外两个女人被分在过道里的一个房间。那不是幻觉——隔壁房间里的护士在亲切闲聊的同时，对她们简明扼要地宣布：什么都不许吃，也不许喝，关闭电话，等候麻醉师。

尤蒂特向周围看了一眼。窗户上挂着圣诞节的装饰，折纸星星。另外两个女人静静地躺在床上。她们转身对着墙，又偷偷地打开手机。她们俩都很年轻。一个超重，另一个虽然很苗条，但并不惹眼。

尤蒂特知道下一步干什么。她躺着等候。听着脚步声，看着门，让思想的旋转木马停下来。

对她来说，这不是第一次。

假如她十八岁时反对母亲的意志成功，现在她的孩子已经长大成人了。估计那个孩子也会热爱体育运动，仪表堂堂，就像她和她当时的体育教师一样。然而，母亲给她勾画了一幅未来职业生涯的阴暗图像，尤蒂特最后同意了堕胎。

隔壁房间里有动静了。首先轮到一个无辜者。果断的脚步声走了过去，一个男人的声音在对第一个病人说话。那是一个最后的教训，一个并不有趣的玩笑。

她熟悉这个声音。

她是在哪儿熟悉这个声音的呢？

从她没吃东西到现在已经过了十四个小时。这期间她的思路已经不那么明确了。这是她第三次堕胎，她记得第二次是一个完全不认识的男人。许多因素表明，这次，即现在是她生孩子的最后一次机会。很快，过了四十岁，就太晚了。然后自发的怀孕概率只有百分之二。一百个在不使用避孕工具的情况下发生关系的女人，会有两个怀孕。

她还能站起来，穿上衣服走人。

她可以给宝拉打电话，对她说，她应该来接她。然后，她们将在一起过一天，列出一串名字。

她从床边放着的手包里掏出电话。最后来电话的两个人一个是格里高尔，一个是宝拉。头天晚上格里高尔从柏林打来电话说，他要在一个专题会议上做报告，然后再待一天与他的大女儿见面。等他回来以后，她也就休息过来了，为的是对他保守做手术的秘密。堕胎本身持续时间不超过一刻钟；面罩麻醉不需要人工呼吸。她会自己苏醒，几个小时之后就能休息过来，晚上可以睡在自己的床上，就像什么事情都没有发生那样。

她最后一次允许自己想了一下留住这个孩子会怎样。第一年她能为诊所安排人代理，一年之后，她得雇用一位保姆。为此必须花费的钱，他们还是有的。如果她现在给他打电话，讲述这一切——

电话仍然在她手里拿着。

* * *

她从蒙大拿州西部骑马回来已经十天了。当时没有人去机场接她。

十天来，她徒劳地尝试着在日常生活中寻找快乐。

一夜又一夜没有尽头。入睡没有问题，但两三个小时之后就会醒来。她身体的边界好像要瓦解了。她发觉自己的双手和双脚都远离了自身。比例扭曲了。好像有看不见的怪物在拉扯着她的腿和胳膊，只剩下脑袋还躺在枕头位置上。她一点儿也不觉得疼痛，只是隐隐地觉得有些发痒。

她越清醒，越觉得自己的身体又拼合到一起了。然后那幅图像再次出现。夜夜如此。

她面前出现一堆东西。那堆东西全是由她失去的东西组成的：头发、皮屑、手指甲和脚指甲、鼻涕、黏液、血液、汗水、屎和尿。那是一个黏稠而又散发着恶臭的有机物质构成的小山，而七十亿人都有这样一堆污秽的可怕念头使她无法摆脱。她在床上翻过来滚过去，用鼻子深吸气，从嘴里再吐出来。她抓过床头柜上的水杯，一饮而尽，她喘着粗气，不敢看钟表。

在凌晨，不知道什么时候，她的睡意又回来了。梦，她的梦，如此黑暗，就像前面描述的念头那样。直到闹钟铃声响起，才把她从夜晚的劳累中拯救出来。

今天，她仍然疲惫不堪地去上班，尽管如此，下班之后她仍然去骑马了——没用马鞍和马嚼子，只有一根绳子和笼头。

她做了一个沙拉，然后上网，登录交友网，看新的匹配建议。她不想单独过自己的下一个生日。

企业家，四十五岁，两个孩子，不用负担家庭支出，偶尔抽烟，养猫，附寄一个笑脸。在回答他将喜欢遇见谁的问题时，他回答：十年后的自己。

她继续向下滚动鼠标。我对什么东西过敏：体毛（头上的除外）。她点击离开，继续看。

建筑师，四十八岁，没有孩子，也不想要孩子。他的个人引语不是出自他本人，而是出自海明威，但不管怎么说，他倒是没有提及体毛。

这种寻找她几乎已经停止两年了，她希望偶遇，而且，持久地单身，她甚至也认真地掂量过了。她有工作，有马和女友——宝拉和布里达。没有男人的位置。直到宝拉来电话，对她讲述文策尔，她才重新意识到一个人生活有多难。

她走进厨房，斟了一杯红葡萄酒并看了看表。一个小时之后，她必须到书店。布里达要朗读她的新书。

文策尔也会来。当宝拉给尤蒂特介绍他的时候，她怔住了。从几年前的那天以来，文策尔·高尔德福斯几乎没有什么变化，那一天她出诊为他的妻子看病，又带着某种奇怪的妒忌感觉离开那对夫妇的漂亮住宅。他的妻子早已去世，生活已经继续向前。生活使他和宝拉走到一起，使尤蒂特和格里高尔分道扬镳。

布里达称之为命运。

但尤蒂特不相信命运。人们称之为命运的这个东西，除了是她的一个个决定之外，不是什么别的东西。

她渴望抽一支烟，可她已经戒了。她再次回到电脑前，打开了下一个个人简介。

工程师，四十五岁，离异，不抽烟，两个孩子，无家庭负担，喜欢摇滚和流行音乐，想找一个可爱的、能够使他幸福的女人。

她绝望地合上电脑。

她再也没有碰到一个像格里高尔那样的人。他们会时不时地在过马路时偶然相遇。这时候，他们会相互礼貌地简短地打个招呼，但并不停下脚步。

现在孩子应该两岁半了。当时在日间诊所堕胎之前，她曾经有过一个小小的生下孩子的机会。可就在那个瞬间，门开了，麻醉师走进房间，尤蒂特意识到她是在哪里熟悉这个声音了。

哦，又见面了。他喃喃自语地说着并立刻低下头。在他填写麻醉表格的时候，她除了将自己赤裸裸地呈现给这位四十五岁、有一匹马的医生之外，什么也不能做了。她脑海里出现一幅四肢被捆绑着、背上布满鞭痕的图像。

他们没有对视。后来，在通往手术室的路上，斯文祝福她万事如意，圣诞快乐！然后，刺眼的灯光变得朦胧起来，她睡着了。当她重新醒来时，妊娠已被终止。

格里高尔从柏林参会回来时，带着一束白玫瑰站在她门口。她像吃了一顿腐败的饭菜那样呕吐了出来。她结结实实地吐在他面前。

格里高尔慢慢地重复了她说过的话。假如她怀了他的孩子，那就要堕胎，这样一来，问题就解决了，以后他们必须更好地注意。

正如他头脑中有些事情似乎要经常通过复述才能厘清并展开其意义那样，他在接下来的沉默中必须做出决定。尤蒂特从他脸上看出了这种变化。在他说话之前，她就知道圣诞节她将一个人过了。这是冬至前的一天。在日出和日落之间不到八个小时。在黑暗中她走出家门，天黑了以后才回到家。格里高尔走了以后，她知道，她会很想念他。

玫瑰每天提醒她想起他，好像这还不够似的，它们竟然不凋谢。它们挺过了圣诞节，新年前的晚上仍然还挺立在花瓶里，只有花瓣的边缘颜色有点儿变暗。

在圣诞节那天，她刚起床，就给格里高尔发出一条和解的信息，但她没有收到回复。于是她去骑马，在泥泞的林间小路上骑了足足两个小时，回来之后她装了一桶精饲料，看着她的那匹牝马贪婪地吃光了这节日的饕餮美食。午后，她开了一瓶葡萄酒并打开系列马拉松比赛实况转播，傍晚，当门铃声响起来时，她除了希望，已经不能做任何事情了。

她慢慢地向门口走去，拿起对讲机的听筒，迟疑地对着话筒小声说了一声哈啰并等着。然而，代替格里高尔平静男低音的却是一个孩子祝她圣诞节快乐的清脆声音。失望使她瘫软了几秒钟之久。她强迫自己平静地深呼吸，然后她向窗口走去，探出身，看见邻居们都从家里拥出来。像每年一样，小托马斯教堂合唱队的大约十个孩子站在大街上，他们用十分清脆的声音开始唱起安静的夜，神圣的夜。

尤蒂特抽着烟。一股冷气涌进没有节日气氛的房间。男孩子们开始多声部地唱起下一首歌一朵绽放的玫瑰。

她关上窗户，继续看电视。

从那时以来，很少发生什么事情，她觉得过去的这两年就像一天。只有骑马之旅会打断始终如一的从工作到运动的节奏，并把时间延伸到一个尺度，事实上，虽然与过去不相适应，但回忆还是完全可能的。

她仔细地化了妆，把布里达的新书装起来，踏着厚厚的积雪走了一刻钟，希望在没人陪同的情况下走进书店。

她本来能问问汉斯，但汉斯和她之间的关系已经变得困难了，因为那个瘦小的女人在家里发现了某个东西。从那以后，汉斯就很少露面了。

尤蒂特不得不加快脚步，免得迟到。雪花粘在她的睫毛上，她一边走一边想着童年在埃尔茨山度过的那个冬天。令人烦恼的连裤袜，自己织的围巾和帽子。母亲试探着走在前面，尤蒂特和父亲走在后面，他们穿过积雪厚厚的森林，一会儿上坡，一会儿下坡，一直走到树林越来越矮、越来越稀的地方。风从背后推着他们前进。他们站住时，像埋在雪里东倒西歪的雕像，周围全是冰和雪。然后他们在一个避风的地方野餐——有三明治、茶、巧克力和坚果，有时候她会得到母亲的一句夸奖。因为尤蒂特从不抱怨。既不抱怨冷，也不抱怨靴子已经湿透了，四肢冻僵了。既不抱怨路途漫长，也不抱怨忽快忽慢不连续的速度，对一个孩子来说，这绝对是不相称的。

就像当年一样，她现在也持续不断地向前走着。她准时到达书店，拍了拍大衣和围巾上的雪，用手绢轻轻地擦去睫毛上的雪花，环视一周。大多数座位都已被占。

坐在第一排的宝拉和文策尔向她招手，更后面有人向她转过身。

格里高尔身旁有一个空位。她坐下来，问候他，然后灯就灭了，布里达开始朗读。尤蒂特用眼角的余光看见他的头慢慢地转向她。

布里达

一只小鹿走出森林。

它走了几步，向周围看了看，就开始吃草。它毫不猜疑地吃着。不时地抬抬头，向周围投去一瞥，接着又低下头继续吃。

在猎人搭建的高台和小鹿之间大约有一百五十米，中间是一片休耕的土地——上面长满了高高的野草，偶尔有鸟儿从草丛中飞起来。

布里达放下望远镜，架好想象中的枪。她瞄准，射击，击中。然后，她弯着腰，趴在有缝隙的胸墙上。在高台的一个角落里有许多大蜘蛛网，网上有丰富的战利品。

当一双粗糙的手沿着她的大腿内侧向上移动的时候，她的腿颤抖了。葛兹将她的裙子推了上去。她再次抬头看了看草地上下沉的太阳。小鹿转了个身，消失在树林里。

她闭上了眼睛。

他们沿着弯弯曲曲的小径穿过几座小山丘，回到度假屋。

蟋蟀唧唧叫着，两条慢缺肢蜥蜴交叉着穿过小径。当他们来到霍勒尔斯哈根小区入口的牌子旁时，他松开了她的手。他指着天空。一群仙鹤从他们头上飞过。她的三角裤一角从他的风衣右边口袋里露了出来。有一瞬间，布里达觉得把它留在那儿是一个妙不可言的主意。思文雅将会发现它，然后——

然后会怎样呢？

想到孩子，她还是抓住三角裤那个角并将它抽了出来。

两个小姑娘向他们迎面跑来。葛兹和布里达一起把孩子养了四年，然后布里达就和他离婚了。

一次新的尝试让他们的家庭生活又持续了一年。如今赫尔敏娜和温迪娜一个十一岁，一个九岁，而葛兹和思文雅结婚已经两年多了。

*

在思文雅出现之前，布里达觉得离婚只是他们婚姻关系状态的一种改变。虽然葛兹和她不再共同生活并且不再分享每一天，但他们仍然同床共枕，而她始终有这样一种感觉，为了一次新的开始，只要一个信号就足够了。

他们在家庭模式上意见一致——孩子待在家里，父母亲换班看护。布里达和女儿们在一起时，葛兹就去车间里睡觉；在布里达不管孩子的时候，她就去一个合租房的房间里睡觉。

他们极其理智地定期谈论对孩子们来说重要的事情。他们一起过圣诞节和复活节，一起去度假。

她没有想过要一刀两断。

当葛兹回来时，布里达就收拾自己的东西，他请她留下。他们一起吃晚饭。今天她还能想起那天晚上的饭——西红柿沙拉，炒松仁，素食主义的意大利面加干酪沙司，饭后甜食是法式巧克力慕斯。吃饭的时候，他一直回避她的目光，当孩子们跳起来在房间里奔跑时，他也站了起来，跟在她们后面跑。

直到后来孩子们都睡觉了，他才谈到重点。慢慢地到该离婚的时候了，他说，并轻轻地补充道，也不一定马上就离。

*

不久以后，她就在城里看见他们俩。

他们俩站在一家咖啡馆前——思文雅穿着超短裙和高跟靴子，葛兹穿着牛仔裤和一件布里达没见过的毛衣。思文雅抬头看着他。她小巧玲珑，虽然鞋跟很高也只到他的肩膀。她的头向后仰着，所以马尾辫的辫梢触及她的后背。她微笑着，右手食指在他的胸前滑动着。

布里达一步也走不动了。痛苦冷不防地击中了她。她紧紧地握住自行车车把，向他们那边看着。

迄今为止，他们已经在生活中公开了他们的丑闻，甚至互相讲述并进行比较。但是，从来没有别的女人和别的男人有过一个令人满意的机会。因此新的爱侣就像他们来时那样又悄悄地走了——不引人注目，最终也没有任何意义。然而，这一次她却一无所知。

即使当他双手捧起那个女人的头俯身长长地吻着她

时，布里达也不能扭过头去。当他微笑着拉起她的手和她一起走进咖啡馆时，布里达仍然在看着他们。然后，他们便消失在咖啡馆的黑暗里。

当她的腿又听她指挥时，她把车推到下一个路口拐角处，开始给尤蒂特打电话。

嘉布利艾勒博士的诊所里没有人接电话。那天是周三。尤蒂特的电话也关闭了。估计她又骑马去了。

布里达接了孩子。她拖着沉重的步子走上回家的楼梯，刚走到客厅，她就倒在沙发里。她的担心是有根据的。她知道。当尤蒂特终于回电话时，她直截了当地说：他有别的人了，这一次是认真的。

如果她再去一趟霍勒尔斯哈根，然后就不会有思文雅了。

葛兹和姑娘们一起消失在7号房里。布里达打开8号房的门。一墙之隔，她和他的新欢一起度假，而尤蒂特当时的话仍在她的头脑里回响。

你只想让他回来，因为你现在再也得不到他了。

如果他放弃了别的女人，你也不会再要他。

你不需要他。

你一个人能行。

在房屋背面，向西是度假房屋的露台。与肩同高的树篱笆将他们分开，任何不是窃窃私语的谈话都不可避免地会传入邻居的耳朵里。

布里达站在那儿抽烟。风将烟吹向旁边思文雅和葛兹一起坐着的地方。他们在谈论以后的日子，比较租船的价格并规划他们和孩子们一起划船的路线。

她的左手上扎进了一根猎人摊位木头上的木屑。她从浴室取来一把镊子，将木刺拔出来，从树篱笆上面弹了过去。

*

晚饭时她在观察思文雅。她的脸上没有丝毫的怀疑。布里达半是厌恶半是着迷地观察着这位胜利者。她用自己年轻的身体获得了他，她没有生过孩子，没有得过严重的疾病，也不曾有过什么危机，只知道体育运动和健康的饮食。朝气勃勃的精神虽然谈不上深刻，但也说不上平庸。当孩子们希望父母双方一起度假的时候，她很肯定地同意了他的意见。

她不能稍微长时间地盯着思文雅，也不能把注意力瞄准葛兹。他正跷起右脚，上下晃动着，回避与她的目光接触。

当思文雅和孩子们一起再次去自助餐柜台取餐的时候，他小声说道：

你来这儿就是一个错误。

确切地说这是一个什么错误？她问。

这你知道。他小声说。

后来，他和思文雅、女儿以及几个度假客人打排球。思文雅用耐力和准备冒险来弥补她身高的不足。她摔进沙里，很快地站起来，跳跃，快跑，用力把球打过网。赫尔敏娜竭尽全力跟着她，温迪娜站在周围碍手碍脚。

布里达也是什么球都不会。她从小见球就躲得远远的。每次打球都会受伤，谁也不愿意和她一队。她跑回去，取来姑娘们的水瓶和蚊子喷雾剂，然后向露天浴场跳板走去，并向湖面望了片刻。

从附近的一个草场上传来奶牛的吼声[①]。它们已经吼叫了好几天了。

她想去找葛兹，把这事讲给他听，并请他和她一起去

① 奶牛产后会吼叫。

农民那儿。但她已经不再顺从自己的冲动。他和她也不再有什么关系了。他不再是她的丈夫。她必须把这句话告诉自己。要一再地重复说：

他不再是我的丈夫了。

* * *

布里达立刻就知道葛兹将成为她的丈夫。

她在莱比锡已经生活一段时间了，但房子还没有完全布置好。当她走进他的店铺展品间时，铃铛丁零当啷地响起来。她一个人在修饰一新的旧家具中待了一会儿。价格是手写在一张张小纸片上的，不引人注目地摆在那儿。她最喜欢的是一张儿童床。床头和床尾都画着花卉。只有小部分重新上了色。那是两种山花——龙胆草和鼠曲草。她小心翼翼地坐在床边，虽然她不一定要孩子，但她还是想买这张小床。

她听见背后有脚步声。接着他就站在她面前了。

他在自己的脏裤子上擦了擦手并用可惜这张床是非卖品这句话来问候她。

就在这个瞬间，天空忽然黑了下来。暴雨倾盆而至，冰雹的颗粒噼里啪啦地打在橱窗玻璃上。她站了起来。

您瞧，我一生气，就会发生这样的事。布里达并非只带一丝讽刺意味地说。

他望了望外面的暴风雨，回过头来看看她，仿佛相信了她的威力。但稍后他几乎难以觉察地开始微笑了。首先是微微地眯缝起眼睛，最后到达嘴巴。

布里达的全身都感觉到被某种东西抓住了。她的心跳节奏失控了。她十分平静地站立着。她的两只手出汗了。冰雹敲打着窗户，门被风吹开，铃铛疯狂地丁零当啷地响着。

又有两个客人狼狈地闯进商店。

那个有魔力的瞬间消失了。

当他给淋成落汤鸡的一对儿提供咖啡并卖了两把托奈特公司的咖啡馆用椅时，她在周围搜寻。后来她跟着他去了里面的作坊。

作坊里有一个大柜子立在一大张硬纸板上。柜子是自然白上刷了一层清漆，有两扇玻璃门，底部有四个抽屉，这正是她要寻找的家具。葛兹讲述了这个柜子的来历，就像讲一个人的传记——它曾经放在萨克森一所乡村学校的化学实验室里，是20年代打造的，在接下来将近九十年的历史中，它成为那所建筑历史变迁的无言证人。战后，学校成了难民营，后来学校恢复了，再后来它又变成一所教师进修学校，最后变成了一家青年旅馆。

大多数旧家具都没有被拯救出来，有的腐朽了，有的被蛀虫啃噬了。只有这个柜子立在一个很小很暖和的南房里，被盖得严严实实，因此被保存下来了。葛兹发现它的时候，里面收藏着各种试管和玻璃烧瓶。

他用手指在木头上抚摸着并报了一个绝对不菲的价格。布里达毫不犹豫地说了声好。

当他们回到售货大厅，在柜台前谈论如何运输的时候，雨像刚才开始下的时候那样突然停了。太阳出来了，屋子里一片通明。葛兹询问她的姓名和地址，当他听见布里达的回答时，摇着头大笑起来。布里达重复了一遍刚才的回答。

布里达·李希特布劳（Lichtblau）？他问，同时像要解释似的看着外面天空那清新的蔚蓝。

是的，她说，李希特布劳[①]，就像这光和这蓝。

他在一张纸上写下她的名字并在后面加了一个惊叹号。

---

① Lichtblau 这个词是 Licht（光）和 blau（蓝）两个词的合成词。

*

葛兹亲自将柜子送了过来。

他把拆开的部件一件件搬上四楼。每一部分上面都用铅笔标明了位置。后背板和侧面板插在一起，整个柜子没有一根钉子，也没有螺丝。半个小时之后，柜子就被组装好，竖立起来了。

葛兹在浴室洗手时，布里达在煮咖啡。

那是夏天，他们坐在阳台上，看着绿色的后院，听着做游戏的孩子们的欢声笑语。他想知道她是做什么的，她回答，我将成为作家。

他从衬衣胸前的小兜里抽出一支烟，从裤子口袋里掏出打火机。想成为作家就能成吗？他问。

这个问题使她不知所措。

抱歉，他补充说，我并不想无礼。

他腋下有一块汗渍。他目不转睛地看着她。布里达有一种感觉，好像他的目光看进她的头部，进入每一道脑回，直入她自我的中心。

她没有回答他的问题，而是讲了她在梅克伦堡[1]的童年，成为女猎人的培训，在德累斯顿附近的一个小城里学了四个学期林业科学和意外地收到德国文学学院的允诺。她丢弃了学业，退了合租房，搬到莱比锡。

她用来谋职的小说从她心中自然而然地流了出来。一天早晨，她坐在那儿并开始写作。一条河接纳了她，裹挟着她并推动她向前，几天之后的某个时候，河流把她冲回岸边，和她一起完成了故事。

我指的就是这个，葛兹说，严格地讲，我指的就是这个。

当他站起来要走的时候，她送他到楼梯口。

告别时他们四目相对。他的握手温暖而又有力，然后他把她推进门槛，在身后关上门并开始吻她。

* * *

布里达十九岁时完好无损地离开父母亲的家。现在，几乎二十年之后，她发觉自己完全变了：浑身上下的骨头

① 德国东北部的一个州。原来属于东德。

一下子全都折断了，皮肤被从身体上撕下来了，头发被拔掉了，信心被偷走了，梦也都碎了。她和那个曾经存在过的自己再也没有什么关系了。

长期哺乳使她的乳房变成空皮囊，熬夜在她脸上留下了阴影，眼泪已经流干。

她比当时知道的东西更多了，可是这有用吗？

当时她本应该知道的。当时，是指她遇到葛兹的时候。即她年轻而且能写作的时候。那时候，她觉得老人的智慧没有什么价值。较年轻的人对老人的话不感兴趣，而为了还能从他们的智慧里吸取点什么，老人已经太老了。

她坐在农庄的餐厅里，看着别的家庭，大声哭喊的孩子，闷闷不乐的青少年。她自己的孩子们还在睡觉，看不见葛兹和思文雅的影子。她什么也吃不下，只是把咖啡往肚子里灌。

她不再写作已经几个月了。最后一次尝试写出来的句子既没有张力、没有声响，也没有魔力。

她的身体失去了张力。她好像也忘了自己能干什么似的。随着离婚，葛兹熄灭了布里达的兴趣。每次见面他都会使她感到不安，每次告别他都使她的希望再次熄灭。因此她对他是既爱又恨。

后来有一次，她看见他站在自动咖啡机前。一个人。他向她转过身并微微一笑。

*

近午时分，他们上了汽车，准备去取比萨。孩子们在湖边躺着看书。思文雅上瑜伽课去了。在度假设施后面不远处，葛兹拐了个弯，把车开进林间小路。他把小卡车停在树林中一个隐蔽的地方，把垫子铺在货厢里。

布里达哭了。

我们也不必这样。他小声说。

但布里达必须要。

后来她问他，思文雅身上的什么东西吸引了他。

她不危险，他说，她有幸福的天赋。在这个世界上，她很简单，你知道，我指的是什么吗？可以听得见他一进一出的喘息声。我已经精疲力竭，我需要放松，布里达。我需要晚上的笑声。

还有什么？她想知道。

他迟疑了一下。你能经受住这个问题的答案吗？

她点点头。

然后他沉默了片刻。布里达知道，他不想拒绝回答她。他说话少而精。

思文雅，他终于接着说道，并没有把自己看得很重要。她支持我，也会克制自己的需要。

我没有这样做吗？

是的，当然你也这样做了，但你觉得更困难。你为此而感到痛苦。因为你感到痛苦，所以孩子们和我也都不幸福。

她现在不想哭了。她呼吸着痛苦和眼泪以及他的回答，那只是一个谎言。葛兹说的一切都对。因为说得对，希望便失去了本身的意义。因为布里达仍然是布里达，而葛兹仍然是葛兹。当他顺便提及思文雅想要一个孩子的时候，他的两只胳膊紧紧地搂着她。布里达挣脱了他的搂抱，坐了起来。

你不要答应她。她说。

也许这样较好，布里达。他回答，但我们必须继续生活。还是互不干涉为好。

你想这样吗？她问。

不。他说，这与想不想毫无关系。

他抓过她的一只手，把手放在自己脸上。

你爱她吗?

我很喜欢她。如果我会爱她，那就不会这么放松了。然后可能就像我们之间那样了。

布里达深吸了口气。每个问题都是危险的。每一个回答都太多。

那我们之间是什么样子呢?她问。

他看了看表。我们还要去取比萨。他嘟哝道，他们在等着呢。

葛兹，在我们这儿是什么样子?

他抹了一把脸，然后说道:

你还记得你对女儿们说的话吗?你说促使你决定不再写作的原因就是为了孩子，这句话你不记得了吗?你还记得她们的面部表情吗?

是的，她记得。当时，赫尔敏娜拿起小妹妹的手，拉着她走进她们自己的房间。她们在屋里筑起一个障碍。布里达挤了进去，请求女儿们原谅，向她们起誓，她不是这个意思，她始终希望要孩子，她感到和她们在一起每天都很幸福。

虽然她毁了书稿，她还是怎么想的就怎么说了。几个月的工作，一笔勾销了，永远消灭了。她哭过，诅咒过，并说过这件事最好永远不再提起。

他想起那天剩下来的时间。想起具有攻击性的父女共生现象。想起了她面前的阵线。她知道再也没有什么可说的了。后来她就静静地从敞开的儿童房门口经过，听见了他朗读的声音。布勒比[1]孩子们的话语来自一个健康的儿童世界。

她在厨房里很快地喝了杯葡萄酒并违反约定在里面抽了烟。

孩子们是无辜的！你必须制作安全备份，布里达！

他从她身边走过，用力打开窗并把这句话甩到她的头上。

你必须管教孩子！她们不可以在我的电脑上寻找什么东西！她吼叫道并继续喝酒。

她当然记得。

然而他应该想起别的。

她把自己的手放在他的胸前，向下滑过他的肚脐，抓

① 瑞典女作家林格伦的童话作品从布勒比到巴比伦。中文译本叫欢乐的布勒比孩子。

住他的阴茎并握住它。然后她让自己的身子向下滑，把脸贴在他温暖的肚子上。

当布里达和葛兹从汽车上把装比萨的纸盒子搬到住处时，思文雅迎面向他们走过来。去了那么长时间，她说，我们已经等你们很久了。

布里达直盯着思文雅的眼睛并微微一笑。

＊＊＊

他们的关系开始时已经有玛丽卡了，当时葛兹说她就是一个为家庭而生的女人。她的身体就是一个做母亲的身体——柔软而又温暖，像一件保暖的冬大衣。那我像什么？她问他，葛兹回答她：野而糙，像一条母猫之舌。她听了大笑起来并亲吻了他，同时对他讲了她的男友约翰，一位抒情诗人。

想到约翰和玛丽卡，他们心中都没有一丁点儿内疚感。

布里达坚决地相信爱情走的时候一定会像它来的时候那样——没有理由，没有内疚感，无法抗拒。无法控制而且不可阻挡。任何反抗它的行为都是没有意义的浪费精力。

约翰默默地接受了分手，但从那天起，他就不再和她说一句话。玛丽卡则反对。

*

一开始，葛兹和她相会大都在她家里，偶尔在他的作坊旁边的小屋里。她尽可能经常地陪同他开车去东欧，首先是波兰和捷克，去寻找旧家具。只有在这样的旅行中，布里达能够随心所欲地抚摸他。当玛丽卡在家里上小提琴课的时候，布里达才拥有了他的全部。

在寂寞的公路上，他们讲述自己的性幻想。然后他们就拐进林间小道，在一个能好好隐蔽的地方停下来，在运输卡车的装货厢里发生的事情，此后就成了标准。

根据那些旅行，她的一些较长的作品就产生了。那些地方给了她灵感。

一座倒塌的波兰庄园变成围绕两个孩子的一出戏剧的舞台，一个捷克的农庄成了一部中篇小说的开头。

有时候，葛兹会登上一些阁楼，穿过堆得满满当当的库房开辟道路。他像一个猎人那样安静而又耐心地等待正确的瞬间。他肯花时间与人接触，如果语言不通而无法交流，他就借助可见的手势。他常常默默地走来走去，抚摸着他看见的某件东西，站住并仔细端详。

人们信赖他。他们让他走进自己的卧室、阁楼、库房、车库和起居室，像雕塑家在石材里就已经看到了雕像那样，葛兹常常在不引人注目的家具上看见未来的装饰品，他总是三思而行，不骗人，宁可多付钱也不少付。

连布里达也觉得在他面前十分安全。可是，一旦开始返回，她就会感觉离故乡越近，葛兹就离她越远。到家了，他让她在家门口下了车，自己继续开往他的作坊，那儿成了玛丽卡和她之间的船闸。

然后发生的事情是一连几天她听不到他的任何消息。

在学院里她独往独来。

在葛兹之前，她本来也没有特别努力去与人交往，但她会积极参与大学生的生活。在各个聚会上她都在场。定期与同样写散文的阿尔玛和山德林娜一起去看电影。在通常情况下，她更喜欢阅读一本好书。除夕庆祝会、摇滚音乐会和市区集会之类的大型集会，她基本上不参加。她总能找到一种独特的快乐，然后，如果大家都来了，她就会走开。

这种独往独来始终是她的自然状态。作为森林边缘一座独立房屋中唯一的孩子，她除了自己安排时间，没有别的选择。母亲早出晚归。为了能在附近城市的储蓄银行工作，她每大骑两个小时的自行车，然后坐火车，还要步行一段路，天天如此。父亲大多数时间在森林里。他的工作范围很大。布里达有时候去陪他，但她大都是一个人待在房屋里，周围是一个大花园和高高的篱笆。

附近村子里的孩子极少到护林人的房屋里来。路很远，布里达被看作古怪的奇人。不管走到哪里，一条名叫严口的公猎犬都寸步不离地陪着她。虽然她偶尔渴望有一个玩伴儿，并央求母亲生一个小妹妹，但她和别的孩子在一起还是不能和睦相处。最多一两个小时之后她就厌烦了。然后，她不是说根本不要在一起了，就是变得很粗野。此外，她觉得有一种内心的紧张在强迫她，让她无法忍受。

有一次她竟然出走了。她吹着口哨，叫来严口并和它一起消失在森林里，把那个来访的孩子一个人丢在花园里。

后来，在父母亲的强迫之下，她不情不愿地道了歉，但那不是真正的和解，从那以后，再也没有其他孩子来了。

这对她来说根本就无所谓。她会自己找到足够的事情重新开始。为此她需要的一切就是头脑。要呼唤出图画和感觉的河流，一个喜欢的念头就够了。当她到了任何游戏都不再从念头里产生出来的年龄时，她就开始把内心世界的人物和地点付诸笔端了。现在她比以前需要更多的独处。她维护了这种孤独，并且保护它免受现实的侵扰，这种侵扰从来没有像幻想的宇宙那样强烈。

如今她的生活就由葛兹和写作组成，她终于真的要讲述某些东西了。

像她的许多同学那样，布里达的文本也缺少经验。大学生多数都还年轻，只能从被保护的童年和平庸的热恋中汲取第一次文学尝试的素材。缺乏知人之明和生活智慧使他们写出来的人物和故事情节显得过分雕琢而且不可信。至于那些故弄玄虚的文本，在学院之外更没有人感兴趣。

做葛兹的情人是一种馈赠。

布里达让自己坠入尽可能深的伤害、思念和恐惧之中。几十页文字产生于一个个不眠之夜，在那些夜晚她徒劳地期望着他的一个信号。他的每次到来都是下一次分离期间赖以生存的食粮。

但是，每次在一起的时间都太短，而他们两次见面的间隔都太长。

大约有一年之久，她的身体向他发送信号的节奏越来越快。一种病引出另一种病，她排除了所有可能的原因之后，发现原因只剩下玛丽卡一个，这时候她提出了分手。

他的回答是不。假如这个决定是打心里产生出来的，那么他只会与玛丽卡分手。假如他那样做是为了满足布里达的愿望，那她将没有任何价值。

对他是否爱她的问题，他毫不犹豫地回答是爱。

对他是否爱玛丽卡的问题，他给予相同的回答。

接下来的数周和数月汇合在一起，相互之间毫无区别。痛苦浸染了她的写作。他导致了太多的激情，产生了许多隐喻，并使她在散文句子里造了太多的形容词。

同学们在讨论课上吹毛求疵地评论布里达的文字，她的老师们都毫不掩饰地认为，她在文学学院学习是一个错误。没有人，连她的父母亲也不认为，她想当作家的念头是认真的。相信她的只有葛兹一个人。

又过去了几个月。

她的嘴巴周围生出了鳞状斑疹，她的头发没了光泽，每一次微笑都是一次不适当的力的浪费。夏季学期几乎就要结束了，一到晚上，楼燕就在大街上飞来飞去，椴树散发出它们甜丝丝的芬芳。

一天晚上，葛兹穿好衣服坐在床沿并看着窗外。玛丽卡正等候他。他的电话已经振动多次。每次振动，他的手指都颤抖一下。布里达不安地沉默了。

我应该向玛丽卡透露这个秘密。他终于说出口并低下头。

布里达没有马上明白他的话。她全身赤裸，静静地躺在他面前。

也许她会理解。他轻轻地补充道。

那我呢？她突然坐了起来。

我不知道。他说着把电话装进口袋里，走了。

那之后的一天，每一种感觉都接近内心最深的痛处，一切来自外部的东西都被弹了回去。上午的抒情诗讨论课，她只听见了声响。女讲师站在大家面前，嘴一张一合。声响从同学们嘴里流出来。没有产生任何内容。

在美学课、文化课和语言理论课上尽是些模糊的概念，它们在空间里无意义地膨胀着和倾泻着。

下午的小说写作她一个字也写不出来。课上到一半，她站起来，走了出去，门也没关，她顺着台阶跑了下去，骑上她的自行车。

葛兹手里端着一杯啤酒在作坊前面坐着，看人行道上人来人往。附近的卡尔-海涅大街苏醒了。有人在弹吉他并唱着歌，年轻人骑着旧自行车经过。葛兹时不时地举起手，和他们打着招呼。

当他把她拉进去并锁上店门的时候，布里达没有反抗。她也不反抗他的急不可待，任凭他默默地脱去她的衣服。一切都必须是这样。

*我不做小。*她在重新穿上衣服时说，*我只能是老大。*

然后她拿起包，离开作坊，骑上自行车，头也不回，扬长而去。

*

为了不再陷入诱惑，在乘火车去北方的途中她拉黑了他的电话号码。父母亲一起到新施特利茨火车站来接她。然后，他们的吉普车沿着熟悉的道路行驶着，越过石块铺的路和沙路一直来到森林边缘一座孤零零的房屋跟前。

她经常从自己的旧房间窗户透过树林看着湖面。有时候，湖面在金色的晚霞中闪着金光。每天早晨，湖面都躺在安静的黑暗中，风吹湖面起涟漪。

母亲有时间和耐心。她把汤送到布里达床前，茶杯端来又端走，各种甜食放在小瓷盘里，天天如此，直到布里达准备讲话为止。

假期过去了，布里达是在一种精神的瘫痪中度过的。她既没写作，也没见任何人。她带着狗在周围溜达半天。她推着车走过沙路，在湖里游泳，在草地上躺着，看天怎样一天天变短。

一天傍晚，一群鹤聚集在一片开阔地上，像每年一样，它们的鸣叫意味着夏天结束，这时候，她就和父亲一起去打猎。

9月1日，狩猎季节开始，可以去打狍子、小鹿和马鹿。在汽车行驶途中，他们都没有说话。布里达熟悉道路。当她还是孩子的时候，她不愿相信，什么时候会离开这儿。今天她知道自己再也不会完全地回来了。

父亲停下车，从后备厢里取出猎枪和望远镜，迈着沉重的步伐走了。

从幼儿时期起，布里达就熟悉打猎和屠宰。她的父亲是这个地区的护林主任。猎物在被分解之前，要在家中专门存放野味的房间里挂上三四天并放进冷冻箱里。如果枪伤干净，而且又进行了完美的清洗，父亲有时候会决定悬挂更长时间，为的是让肉质尽可能鲜嫩。有些人受不了野味的气息，相反，布里达却始终觉得那是一种清香。

他们默默地坐在了望台上，通过望远镜看着周围的田野并同时看到一只鹿。父亲碰了一下她的胳膊，指向那只动物并点点头。

现在，她通过猎枪的瞄准望远镜看着那只正在吃草的鹿，在森林的保护下，她看着美丽的鹿角在毫不猜疑地继续向前移动，这时候她忽然想起了葛兹。她马上就将结束这个温和的生命。鹿静静地站着，她平静地屏住呼吸并扣动扳机。

鹿立刻倒地。

不一会儿他们就跪在那只动物旁边。它没有遭受痛苦。堪称完美的一击。

*

10月新学期开学时，她回到莱比锡。行李箱里装着一个冷冻肉的冰镇包。下了火车她直接去了葛兹那儿。店门敞开着，作坊的门也开着，当布里达走进去想把肉放进冰柜的时候，铃铛响了一下。包裹上贴了张纸条：布里达·李希特布劳射杀并屠宰。建议马上吃。她走出店门时铃铛又叮当响了一次，她上了等在门口的出租车，走了。

几分钟之后，他打来电话，她不予理睬。这一天和之后几天，他打的另外几次电话，她也没有接。

*

圣诞节前不久，她的一位老师弗里德曼·科罗纳，他本人也是一位成功的作家，请学院的大学生去他家做客。门厅里正在演奏爵士乐三重奏。房间布置得很简朴，但很有情调——一个毕德迈耶风格的玻璃柜，一张农民家庭用的桌子，抽屉是彩色的，其他漂亮的部件也都引人注目。

她清楚地记得这张桌子。当葛兹在捷克布拉格和布吕恩之间的乡下一个库房里发现它时她就在场。当时她站在他身后，他一边抚摸着桌子一边说道，它在这儿！每次都是这样——如果某个物件在他的手下感觉良好，如果它们泄露出自己的某段历史，然后他就想把它买下来。

桌子上摆着酒杯、葡萄酒和啤酒。

所有人都很放松。出版社的人观察着年轻的天才，而科罗纳关心的是他喜欢的学生不要一无所获。正当他对一个有名的纯文学出版社女编辑称赞他最宠爱的女学生时，布里达感觉到后背有一道目光。然后，她看见东道主怎样站起来，张开双臂从她身边走过，并大声说道：葛兹！你往这儿看，你的桌子正处于我的小宇宙中心。

过了一会儿，葛兹站在她旁边，将啤酒一饮而尽并说道：我的作坊里有一张写字台。对你来说堪称完美。

布里达喝了一口杯子里的红葡萄酒。

玛丽卡怎么样了？她问。

我们在三个月之前就分手了。

他从口袋里抽出一支烟。在科罗纳这里允许抽烟。科罗纳从后面走近他们，伸开两臂，揽住他们俩。喝酒、抽烟，玩得开心！他说。他们遵命喝酒、抽烟并做出一副很开心的样子。

当他们一起离开聚会的时候，没有人阻拦他们。

一轮明月照进窗。

葛兹趴在她身上并紧紧地抓住她——用他身体的重量压着她的身体，用他的双腿绞住她的双腿，用他的两臂压紧她的两臂，并用他的两手握住她的两手手腕。任何想从他下面挣脱出来的尝试都随着他的紧握和他身体对她更进一步的压迫而终结。为了呼吸，她把头转到一边并等待着。这一夜没有发生更多的事情，第二天早晨，新生活的第一天开始了。

* * *

思文雅头朝前从跳台上跳入湖中。她穿着一件运动游泳衣，戴着一顶粉红色的泳帽。她浮出水面，转过身，招了招手，又用平静而正确的姿势游走了。

孩子们试着紧挨在一起从充气垫子上站起来并一块儿跳起来。她们欢叫着，大笑着，任由自己仰面跌入水中，然后她们又回来爬上那个浮动的小岛并大声喊道：看呀妈妈！紧接着她们就又重新扑通一声跌入湖里。赫尔敏娜要葛兹去她们那儿。她一年比一年更多地依赖他了。她与父亲的关系比她与布里达的关系亲密得多。赫尔敏娜两岁的时候，温迪娜一出生就使姐姐失势了。从那时起就一直是葛兹在夜里哄她睡觉，早上送她去日托保姆处，晚饭后带她去游乐场，她在那儿滑滑梯，荡秋千，直到累了，葛兹才抱着她回家。

葛兹没有让她长时间地请求。他跑着跳入水中，几下就游到女儿跟前。他们尖叫，嬉戏，他像一条鲨鱼。布里达看着他并希望那个游泳的女人不要游回来。

无论他们三个如何像现在这样在水中嬉闹、大笑都与她没有关系了。她不再是其中的一员了，姑娘们和葛兹是一个家，她和姑娘们是另一个家。

估计赫尔敏娜和温迪娜长大以后，会忘记葛兹吼叫着从充气垫上抓住她们的细腿并把她们拉入水中以及和她们一块儿游泳、潜水，同时，也会忘记布里达站在跳板上克制着眼泪并向她们招手时的情形。也许她们会在自己的记忆中看见思文雅站在那儿。说不定那个时期他们是一个家庭的照片一张也不会保存下来。

她觉得脚下的地在摇晃。孩子们跑着来到跳板上，在她们同时跳入水中之前上下颠着让跳板弹起来，布里达向后退，躲避溅起来的水花。湖上远处，思文雅粉红色的泳帽每两秒钟露出水面一次。她改变了方向，灵活而迅速地重新接近岸边。每当她看见葛兹和两个小姑娘在一起，她都会和他们戏耍一番并向孩子们展示她的技巧，同时收获她们的赞美。不久，她也将为葛兹生一个孩子。

布里达已经在直射的阳光下站了太长时间。她感到肩膀有些灼痛。

她想和葛兹及女儿们跑进存衣间，从露台上观看湖面，吃冰激凌。像所有的家庭那样与自己的孩子和丈夫一起坐在遮阳伞下面，懒洋洋的，热得晕晕乎乎的，无论哪个方向都能听到信心满满。

傍晚时分，孩子们会向唯一凸起的高地跑去，每天如此，为的是去拍日落的照片，然后一次又一次地从草坡上滚下来，这时候，她会和葛兹一起沿着蛇形小道穿过闲置的土地散步，一直走到猎台。下沉的夕阳把猎人狩猎高台的影子长长地投射在草地上。鸟儿即将飞起来，捕捉最后的夕阳中舞蹈的昆虫，而葛兹将从后面抱住她。说吧，你想要什么！她将小声耳语，而他会同样明确地回答，像他一直做的那样。

没有什么比一个不提出任何要求的男人更不色情的了。

而他要什么她都会给什么，不仅因为他要，而且因为那也给她自己带来快乐。在回来的路上，她将握住他的手，一直走到他们的度假屋门口才松开手，布里达从口袋里掏出钥匙，开开门。他们将一起走进去，从冰箱里取出葡萄酒，走到露台上，等孩子们回来。

妈妈！看，我能做什么！

温迪娜站在葛兹的肩膀上并向前跳下去。游几下，顺着通向跳板的梯子往上爬，湿漉漉地站到妈妈面前。她兴高采烈地说，思文雅会在空中翻跟头！你知道吗？

思文雅戴着粉红色泳帽的脑袋同样在跳板旁边露了出来。她迅速地爬上梯子，葛兹紧随其后。他说，如果你觉得合适，思文雅、我和孩子们一起再去做一次远足。这样你就能安静地写作了，一直写到晚上。

在安静中写作。

多年来，除了这样她就没有希望过别的。

现在，她只有一半时间给孩子们，只得到孩子们时间的一半，她们的一半快乐，她们的一半忧虑，这没有什么话好说。现在，这种交换的模式，这种法学家想出来的分享孩子最公平的模式给她创造了自由，使她可以不受干扰地写作，可是她创作的源泉却在这儿干涸了。

她多么恨这个模式啊，它将她的锚固定住孩子，把孩子一周赶往父亲的家，一周赶往母亲的家，从一个住宅赶往另一个住宅，看起来似乎一切都很公正。但布里达仍然不愿意放弃。

现在，即使在假期里，也要这样公正。葛兹和思文雅与孩子们在一起度过半天，另一个半天由布里达接管。当他们偶尔决定白天全都一起在湖畔度过时，他们看起来就像一个幸福的大家庭。

跳板仍然躺在直射的阳光下。虽然没有实际的危险，但她还是感到无人保护地向这个世界投案自首了。在紧要关头她是孤独的。她感到面孔灼痛，她的脑袋里一个念头驱赶着另一个念头。

爱不是一种感觉。

爱不是浪漫主义。

爱是一种行为。

必须在紧要关头打量爱情。

关于爱，她从前写的全都是胡说。

我们之间什么都没有变，在离婚之后葛兹曾经说过，我们仍然联系在一起。

可是一切都变了。再也没有什么我们。

以前他的触摸和他皮肤上的气味可以驱散她的怀疑。他赤裸的肉体减少了她的恐惧。她曾经为此而微笑并做出嘲讽的解释。

我不需要你了——布里达经常地把这句话扔给他。她，比他更高地估计了这句话，她曾经轻浮地利用了这句话并低估了这句话的威力。

思文雅聪明得多。她的直觉在起作用。她那种小女人的特征是简单的，几乎是庸俗的。她对葛兹崇拜得五体投地，她赞美他，没有变调的冷嘲热讽。她一味地服从，坦白地承认自己的弱点，甚至利用那些弱点去提高他的价值，这时候她会说：这个你比我做得更好。并且最理所当然地把传统男人的领地转让给他。

她要么是完美得诡计多端，要么是真正的天真。布里达估计是后者。

苦涩的结论是幸福处于认识能力之前。

* * *

当他们重新走到一起时，最好的事情开始了。

布里达把这个时期开始的一年称为：*葛兹年*。她给每一年起一个名字。

现在去东欧的旅行不再是逃避。布里达陪着他，只要可能她就经常公开地充当他的妻子。

越是深入东欧，她周围的世界变得越不平坦，越来越像北德乡下她童年的图像。房屋的正面昏暗而又肮脏，道路坑坑洼洼，森林边缘的标记都已模糊不清。树木都很老了。他们遇见的人的外貌给他们留下深刻印象。西边的人已经洗掉面部表情上的痕迹，东边的人正在把痕迹画到脸上。

在打开的车窗里，风把头发吹起，他们手里拿着烟，大声放着音乐，开车穿越时光。简直妙不可言。他们从不互相争吵，也从不感到无聊，当他的手夜里伸向她时，布里达希望他会忘记小心谨慎，把她当成一个孩子。

住进荷利斯的那所大房子纯属偶然。生活在其中的家庭是葛兹的固定客户，他很意外地第一个获悉他们即将搬家。

虽然地处市中心，街道却和乡下似的。因为是石块路面，所以只有少数车辆从那儿穿过，这儿的楼房之间有花园和空地，楼房周围有高大的树木，宽大的木质阳台上面带有屋顶。

当他们在5月的一天搬进去时，楼燕正好也飞回这座城市，这也证明，布里达和葛兹的新家也像是几只继续旅行的候鸟夏天的栖息地。

如有必要，布里达会离开那个住宅几周。现在，通向文学学院的路远了点，但比以前更美了。这条路穿过一片小树林，沿着罗森塔尔的大草地向前，越过不多几条街道，再穿过鲜花盛开的约翰娜公园，就到了。

与他在一起生活是轻松的。

当她躺在他身边时，他感到满足。

当他们一起沉默时，他感到满足。

当他们工作、吃饭和睡觉以及闲聊关于他们不在一起期间经历的事情时，他感到满足。

有时候，她希望他会和她深入探讨哲学、心理学并在更大的范围扶摇直上，直到空气变得稀薄并让一切与地球相关联的东西留下。但是，每当谈话中使用这种措辞，葛兹就会微笑着告诉她，她不应该认为在他身上可以找到一切。对此会有别的更合适的人选。

他二十一岁当木工学徒就开始了漫游生活，他的许多观点都出自那个时期。当一个老师傅把他从家里接走并陪同他到达斯图加特一个地区起始点的界碑时，他的行李包里只有一个笔记本和一支笔。那个禁区长六十公里。禁区中的大峡谷夏天太热、冬天太冷，早上起来常常不知道晚上睡在哪里，也不知道下一顿吃什么。有时在露天过夜。他曾到过奥地利、瑞士、法国和葡萄牙，最后还去过冰岛。有三年之久，他既没有电话，也没有电脑，徒步走过几千公里路，与几百人打过交道，也在各种各样的床上睡过觉。

使布里达和葛兹分开的原因，十年的年龄差异少于漫游岁月的经验。葛兹早熟。几乎没有什么能使他走出自己的圈子。单是漂亮的话不会给他留下深刻印象。他根据行为和工作判断人。当她问他，他最爱她身上的什么时，他说了三样东西：

她的好奇而又聪明的天性，她为男人献身的能力和无中生有创造故事的才能。为了这个回答她爱上了他。

他们的生活节奏听起来罕有相似处。

葛兹喜欢早晨的时光，布里达写作到深夜。经常是这样，每当他的生物钟6点之前将他唤醒时，他就会把她拉过来，掀起她的睡衣。她睡意蒙眬地接受了他之后，大都懒洋洋地趴着继续睡。

接下来的睡眠沉重而且多梦。当葛兹在作坊里开始工作时，布里达却在超现实的梦境里旅行，追逐不存在的动物，从岩石上摔下去，但从未撞伤，她与多个男人睡觉，全都不认识，她向身旁的虚空乱抓。

她总是一个人吃早点。

晚上，她常常去作坊接他，然后他们一起出去。

在酒馆里女人们盯住他看，他不理睬那些目光，他觉得好像没有什么引人注目的东西。布里达在骄傲与恐惧之间摇摆。他一表人才，喜欢整洁，遵守自己内心的道德指南，身上闪耀着自信和优越感。

待在家里的时候，他们一起看电影，阅读或者性交。11点前葛兹睡觉，然后布里达就坐在写字台前。写字台上摆着一杯葡萄酒，当她确信葛兹已经在她身旁安静地睡去时，她觉得自己是最幸福的。

然后，她的人物就苏醒了。他们一下子都站起来，动起来，他们交谈或行动，布里达除了在头脑里将那些活动的图像付诸笔端之外，不必做其他任何事情。当念头向她走来时，除了跟踪它们之外，她没有什么更重要的事情。

两点之前，最晚两点半，她会闭上眼睛，并希望她的故事主人公将于第二天晚上重新返回，接着就躺在葛兹身边睡着了。他们总是会触碰到身体的某个部位——她的脚碰到他的腿，她的手放在他的后背上，他的手指尖会碰到她的臀部。

这之前或者之后，她没有哪一年像与他同居的最初十二个月那样多产。三个中篇小说、一组短篇小说和第一部长篇小说的一半都产生于这个时期。

* * *

霍勒尔斯哈根湖上乌云密布。一阵旋风从思文雅和葛兹躺在上面的浴巾旁掠过。葛兹一跃而起并大声呼叫孩子们。他看见了地平线上的第一道闪电，稍后便听见沉闷的雷声，天空一下子黑了，所有的东西都开始旋转起来。孩子们收拾起自己的东西，葛兹抓起剩下的东西，但在这之前他还把浴巾披在思文雅的肩膀上。

关怀——这就是区别。

还有保护。

他只能保护一个女人。他能和两个女人睡觉，但不能同时照顾两个。

布里达的肩膀晒黑了，她正赤脚向度假屋走去。还有二百米，还有一百米，她已经看见了树林之间的房子了。小风变成了狂风，她的全部力量被风吹走了。松针刺进她的脚指甲，一群孩子从她身边跑过去，其中一个孩子冲撞了她一下，她猛烈地摇晃了一下，还是一屁股坐到地上。

狂风在她的周围怒吼。树枝被卷到空中。她步履蹒跚地走完度假屋前的最后几米，一进屋就拉上窗帘，躺倒在床上。

此时此刻，她想的是什么，她不愿意忘记。以后，等有力气的时候，她将把它写下来。

爱情不是两个能够在任何时候重新回到自己独立状态的个体的彼此相处。在一个和平世界受保护的空间里，男人和女人每天都在决定做一个男人或一个女人意味着什么，这让他们忘记了这里面还有某种别的东西。一种旧的秩序，其必要性只是暂时失效了。一旦出现危险，它会完全自动地重新停止。

葛兹和思文雅与她之间只隔着一道墙，现在她能听见他们在哧哧地笑。

然后，门被一下子推开了，孩子们站在她面前。我们想在你这儿，她们大声说道，爸爸和思文雅把门关上了，他们在做爱。她们一字一句地说着并且笑弯了腰。布里达也弯着腰。

温迪娜上床爬到她身上并开始搔她的痒。笑声和哭声交织在一起。她再也控制不住自己了。心中的一切全部迸发了出来。

妈妈！赫尔敏娜惊恐地喊道。

然后这个孩子就紧紧地抱住了她。

* * *

大约十二年前，在12月的一个寒冷的日子，她骑着自行车匆忙地穿过这座城市。

她还从未在这么短的时间内骑车走完从家里到作坊这段路。她的耳朵和手冻得生疼，因为她在激动中忘了戴帽子和手套。

葛兹和顾客在店里。她没有理睬他询问的目光。布里达径直穿过去走进作坊，从包里取出一瓶香槟酒并从洗脸盆旁边的小柜子里拿出两只酒杯。她擦干净桌子，把有两个蓝色条纹的测试带放在两只斟满酒的杯子之间。然后就等在那儿。

葛兹走近她，站住了，她望着他理解的面孔。好奇心怎样在回避，一种严肃的惊异怎样构成他的面部表情。

赫尔敏娜，他说，如果是一个姑娘，那就叫赫尔敏娜。

6月在民政局举行婚礼。葛兹的父母亲掩饰不住他们的失望。对他们来说，不是在上帝面前缔结的婚姻是没有意义的。布里达的父母亲则无所谓。双方父母亲的紧张对立明显地影响了这个最亲密家属圈内简朴的节日，但布里达自信地认为，在葛兹和她之间，不同的思维方式和生活方式并不重要。

*

分娩曾经是一件难以忍受的事情。对此布里达一下子想不出别的说法。掠过全身的阵痛之波夺去了她的任何控制力。暴力在她身上起着作用。没别的出路，只有这种几乎要撕裂她下体的原始力量。

然后孩子就落地了。

又是一道道波浪。不过这种波浪产生于爱、温暖和柔情。与这些感觉联系在一起的是关于另一种疼痛的想象。

葛兹在她身边睡着了。婴儿躺在有机玻璃的小床上。她的左胳膊上拴着一条粉红色的塑料带，上面写着她的名字。她睡着了，发出轻微的声响。布里达费力地坐起来，从可以滑动的小床上抱起小小的襁褓。她把襁褓放在她和葛兹之间并观看着。赫尔敏娜。她轻轻地说，并触摸着她的小手手心。婴儿的小手指握住了布里达的手指，紧紧地抓住不放。

现在孩子出生了。她来了，为了留在这里。她将需要她。每日每时。

赫尔敏娜年开始了。

赫尔敏娜哭了。

她在吃奶之前哭，在吃奶之后哭，她在被抱着散步的时候哭，夜里也哭。

她的哭声撕碎了布里达的每一个念头。每当她费力地把赫尔敏娜弄睡着并悄悄地溜到写字台前时，她都能确认，不一会儿尖细的哭声又会刺耳地在房间里回响，迫使她打断刚刚开始的写作。

起初，她还能再成功地写出一段，但她的人物很快就沉默下来并静静地站住了。

孩子要求她付出全部。所有的精力都属于她。每当她的需要短时间得到满足时，布里达都会感到那么空虚，以至于她除了休息和睡觉之外，什么都不能想。随着每一天过去，她越来越清楚自己的生活已经发生了怎样的变化。

自由始终只是一种虚假的东西，受时间限制。像一种她在最后得到之前可以品尝一下的甜食。对于她之前的一代又一代女人来说，这条路早就预先被勾画出来，而且越走越窄。她们使她突然觉得自己更幸福。她们从未生活在能够塑造自己生活的幻想之中，即使敞开的门一下子全部关上，她们也永远不会感到失望。在她们自己的责任中没有任何限制。这是不允许有任何其他东西的状态。

相反，布里达自己做出了选择。她既想要男人，也想要孩子，而使她感到满足的东西是写作。她现在比以往任何时候都更想写作。

葛兹又一个人去东边了。虽然他离开从未超过两三天，现在也常常试着在解决家务的同时到周围近处去寻找合适的旧家具，但即使他的仓库已经堆满并要在作坊里工作，他也只是白天不在家。尽管如此，他回家时，赫尔敏娜已经入睡，而布里达也经常躺在孩子身边并同样睡着了。他们的生活节奏很少相同。

大约在孩子出生三个月之后，他们才第一次有机会重新做那事儿。很好，没有任何变化。后来，赫尔敏娜睡着的时候，葛兹的欲望最强烈。但是，布里达却希望在早晨做，那是她每天的欲望唯一没有被精疲力竭战胜的时辰。

大约半年之后，赫尔敏娜经常哭的情况渐渐地好了些，布里达也再次扩大了她的活动半径。有一两次她和葛兹试着带孩子一起去咖啡馆。可是，只要儿童车一停，赫尔敏娜就开始哭号。葛兹怎么摇晃哄她也没有用。女儿的机灵劲儿使他很高兴。中断远足，抱着孩子走回家，对他来说一点儿问题也没有。而布里达每次都感到失望。

赫尔敏娜九个月的时候，开始每天上午在日托保姆那儿度过，布里达又继续了她的学业。

葛兹一开始就反对。这以前，他们从未如此激烈地争吵过。

他本人小时候就没有进过幼儿园。他母亲和他以及他的兄弟姐妹一直到上学都待在家里。按照葛兹的理解，受到保护的童年构成了他整个一生的基础。他甚至扬言，赫尔敏娜将来会成为一个幸福的人还是一个不幸的人都取决于布里达。

西边和东边的含义突然多于地点的标志了。

西边和东边变成了一种正确和错误生活方式的标志。

在日托保姆的第一个适应周里布里达仍然在家，但从第二周起，她就只在更衣室给赫尔敏娜脱了衣服，然后就把她交给米里亚姆——一位教士的高大而又丰满的妻子——照顾了。每天早晨，当她把赫尔敏娜交给别人时，她都对自己说，这样做是正确的。每天早晨，当孩子离开家时，她的身体却在说明这是不可取的。赫尔敏娜在她身后向她爬过来，坐在地上，两只小手伸向她，又哭又叫。

有时候，她还会在那人家门外站一会儿并侧耳倾听，直到她听见孩子不再哭了才走开。

在她付出高昂代价买来的时间里，她不允许自己有片刻休息。她像被钉子钉住似的坐在写字台前，为了毕业考试而学习，为了写她的毕业论文。有些日子她成功了，有些日子她是靠用一把镊子一根根地拔腿上的汗毛度过的。

在这样的一次次思路偏离之后，她越来越感到自己是一个糟糕的母亲。为了安慰自己的良心，她吃了午饭后就去把赫尔敏娜接回来，和她一起嬉闹，一起午睡，后来又开车带她一起去葛兹的作坊，为的是尽可能向他证明，孩子一切正常。

他容忍了她的决定，但不容许她对他的真实态度有任何怀疑。

他把孩子每次情绪的变坏、每一次生病和每一个糟糕的夜晚，都归因于布里达没有完全亲自照顾孩子。即使一连几天一切都最好，空气里仍然存在某种无言的指责。

他的不赞成产生了毁灭性的影响。布里达越想把一切都做得正确，就越事事不顺，越显得葛兹说得对。她忘记了约定的日期，把盘子掉到地上，洗衣服水太热，但直到她让赫尔敏娜坐在儿童座上带她骑车出了事故，这才导致他们进行了一次早就应该进行的谈话。

那天晚上葛兹带孩子睡觉。赫尔敏娜很幸运——只有几处擦伤，并无大碍。她用力吸着奶嘴，直到咂嘴的声音停下来，葛兹才走出去，轻轻地关上门。

布里达在厨房里等着他。严肃认真的谈话一向在厨房里进行。除了大腿有一处红肿，肘部和肩膀有两处擦伤之外，她的伤也没有什么大碍。葡萄酒使她忘记了轻微的疼痛并给了她自信。葛兹终于用真诚和忍耐与她一起找到了解决办法。他们很好地用这种办法化解了冲突。然而，这个晚上结束时，他们仍束手无策地相对而坐。

后来，他们站在女儿的小床前面默默地拥抱着。赫尔敏娜平静而又均匀地呼吸着，这个和平的景象直入他们的心灵深处。他们的心互相敞开了。他们的身体彼此贴到一起。

*

在接下来的几周里，布里达将结束她的长篇小说。这部小说是她结束学业的最后组成部分。她让自己的家庭医生嘉布利埃尔博士修改她的手稿，因为故事情节中有很大一部分发生在医院的难民收留室[①]里。她们在咖啡馆里见了两次面，第一次见面时，女医生就建议她以你相称。我叫尤蒂特。她直截了当地说并露出一个完美的微笑。然后她就以令人窒息的速度对她已经在手稿上仔细写下的注释做了说明，她说话的速度只让人隐约意识到思维的敏捷。布里达被尤蒂特迷住了。她一生中第一次感觉到有了缔结较为深厚友谊的愿望。

与此同时，她在根据出版社编辑提出的修改建议加工她的小说，因为出乎意料地顺利，她没费力气就找到了一家出版社。不是那种小而精悍的文学出版社，她的同学在那里出版他们的作品，也不是什么有名的大出版社。那是一家她的老师不屑一顾的出版社，因为这家出版社把迎合大众的作品推向了苦苦挣扎的市场。

她从未如此有效地利用自己的每一天。虽然她几乎不睡觉，但仍然感觉良好。葛兹在长期的拉锯战之后宣布准备暂时只在作坊里工作半天。下午他和赫尔敏娜在一起，处理家务。

像驱动装置的小齿轮那样，他们互相啮合得很好，

---

① 特指 1989 年柏林墙被推倒之前联邦德国对逃亡来的原民主德国人的接收。

一切都充满了意义。一天下午，邮递员送来一个沉重的包裹，里面是刚刚出版的新书。

布里达打开包裹，取出一本，在打开书之前久久地拿在手中。她的毕业论文没有得到最好的分数。这部长篇小说，她的老师的评语是虽然技巧扎实，但结构过于传统，缺少显而易见的独特风格，这是对一位高超艺术家要求的标志。另一方面，小说在内容上显示了关于一个心理过程的渊博知识。有些地方，它产生的影响像某个不是站在人生起点，而是站在人生终点的人写的。可是这重要吗？她手里拿着自己的书，她完成的书。只有赫尔敏娜的出生在她心中唤起过类似——深深的满足和极大的恐惧联系在一起——的感觉。

她被允许参与决定封面设计。在白色的背景里站着摩比玩具小人儿[1]。摩比小人儿的排列方式反映了行动的人物之间的关系。封面上是生活模式几个黑色字母，书名之上是她的名字：

布里达·李希特布劳。

① 摩比玩具是德国人汉斯·贝克于1974年发明的玩具。

*

新书发布会那天赫尔敏娜病了。

她发高烧，葛兹辞退了晚间保姆。他想自己守在孩子身边。

他立刻接受了新的情况。像往常一样，他没有一句怨言。在正常情况下，布里达会为此赞赏他一番。事情正在起变化，但他没有抱怨，而是调整了自己。他心里似乎也没有表示反抗。

然而，这个晚上非同寻常。陌生人要来听布里达朗读自己的作品。那是一个公众人物的诞生，她将不得不在没有保护的情况下出头露面并展示自己。

那天晚上她本来很需要葛兹。

但是，没有他一切也都很顺利。书店里的几排椅子都坐满了，当布里达开始朗读并听见听众中有人窃窃私语并发出叽里咕噜的声音时，她也完全不为所动。麦克风扩大了她的低沉而又有点刺耳的声音，她没有打一次磕巴。接下来是她回答问题和签名售书，她惊异地确认她很喜欢这种关注。

葛兹不在场令她感到的失望早已在轻松的气氛中发生了变化。他的安静而又居高临下的方式常常足够阻止她畅所欲言。

后来他们在夜晚的城市里散步：有书店女店员宝拉·克罗恩、出版社的女编辑、中德出版社的代表、尤蒂特，以前的同学阿尔玛和山德林娜。她们坐在一家高级饭店里吃饭。大家告别时，尤蒂特建议，不要这么早就结束这个晚上。

她们俩并肩穿过酒吧。她卖弄着风情，慷慨地让大家尽管喝个够，当尤蒂特打算带走她选中了的一个男人时，布里达在想葛兹。

第二天，她是在恶心和疲倦的朦胧状态中度过的。又过了一天，她断定自己又怀孕了。

* * *

霍勒尔斯哈根雨过天晴。孩子们都跑到外面，太阳照射着潮湿的草地。到处热气腾腾，无数昆虫在嬉戏。

该发生的事情一定会发生。布里达的假期还有八天。漫长的八天，在这八天里她不得不天天听着、看着思文雅，并且闻着她的气息。在这八天里，她不得不忍受着理疗按摩师思文雅的小手怎样有力地继续抚摸着葛兹的身体。

她走到阳台侧耳倾听。虽然才刚刚过午，她就开始喝酒抽烟。她要感觉毒素怎样侵入她的身体，肺脏怎样试图消除焦油，肝脏怎样与酒精战斗，皮肤怎样凋谢和头发怎样变白。她被一种奇怪的乐趣攫住。一种沉沦与毁灭的快乐。

旁边的门开了。思文雅来到阳台上。她的头发湿漉漉的，一股浓烈的香气向布里达这边飘了过来。她展开两臂，伸了个懒腰。她脸上那种心满意足的表情证明刚刚完成了一次完美的性交。

布里达对这个庸俗的念头并不感到羞愧。

羞愧的时期已过。说谎的时期同样也已成过去。

该发生的事情一定会发生。

*

对温迪娜年她几乎没什么记忆。

她什么也没有写下来。

但大都是喂奶、做饭和忘却。

或者坐在游乐场，或者一边背着温迪娜，一边帮助赫尔敏娜玩跷跷板和滑滑梯。

书一点儿也没读。

但睡了很多，不过时间总是很短。

争吵很多，因为葛兹很沉着，而她却不冷静。他有耐心，她没有。

温迪娜来得不是时候。她的到来，像一只又大又沉重的利爪，把布里达刚喘了口气的脑袋重又按压到漆黑的水面之下。

*

然后到来的是尤蒂特年。

她的友谊就像一种温柔的爱情。

在她们约定见面之前，布里达会打扮得漂漂亮亮的，就像她一开始去见葛兹那样。很快就重逢的激动类似开始在他那儿时感到的兴奋。

如果尤蒂特取消了会面，布里达会深感失望。

尤蒂特身上释放的能量会直接传递到她身上。在与她会面之后，布里达尽管有孩子仍然能够写作。她抵抗通常被分散的注意力时会更集中、更有效，这是一种积极的影响，它越来越经常地催促布里达去找她的这位女友。

尤蒂特具有以秒的速度抓住形势、进行分析并指出解决办法的能力，因此她能引诱布里达在完全精疲力竭的状态下听任她做出判断。

在尤蒂特眼里葛兹就是个有问题的人。他限制布里达，削弱她的个性，没有充分估计她的艺术家的创造。他想把她降低为家庭主妇并把自己的兴趣置于妻子的兴趣之上。虽然她已经感觉有些不对头，真相在别的某个地方，而她没有表示过异议，甚至把葛兹描写为嫉妒、有占有欲和心胸狭隘。而当尤蒂特的眼睛睁得很大并且脸上表情冷淡时，她也没有为他辩护，当尤蒂特说：离开这个男人，对你来说，他不合适时，她也没有吭声。

葛兹嗅到了危险。虽然他只见过尤蒂特很少几次，此外他也放弃了任何评价，但他使用的语言是明确的。他认为，尤蒂特可能是一个没有爱的能力的自我中心主义者，具有破坏性而且冷漠。然而，他的严厉只能促使布里达更倾向于尤蒂特。因为她每次和尤蒂特见面回来之后就变了，于是对她接近尤蒂特的怀疑就像被确认了似的，所以他请布里达别再那么经常和她见面了。

一天晚上，当布里达用她再也不能忍受这种生活的狭隘这句话迎接葛兹时，赫尔敏娜四岁，温迪娜刚好两岁。

几乎有三天之久他们没见面。葛兹从一个漫游时期的朋友那里打听到在他的故乡斯图加特附近有一个古典时期艺术品贸易会结束了。他和一个新雇用的同事一起开车去了德国南部，他们装了满满一卡车家具，事情办完之后，葛兹去看望了自己的父母亲。

虽然这个时间很不利，但布里达还是忍受了这种必要性。为了一部文选写的一篇故事必须结束。赫尔敏娜正患结膜炎，温迪娜对任何事情都说：不！他回来的那天晚上，尤蒂特在她这儿，而葛兹在脱掉鞋子、把夹克挂到更衣室衣帽钩上之前，就知道了她们酒后谈话的结果。

葛兹洗耳恭听，没有打断她。他跟着她来到厨房，坐到桌旁并让她讲。她说得越多，越感到似乎尤蒂特的话掺和到她自己的话中，而当她接着收回某些话并取消某些指责时，他站起来拒绝地举起双手。

然后他问她在某个时候是否想过，自己想要的东西太多了。他的声音有些发抖。她是否曾经相信，不用放弃和限制就能得到一切？她是否认真地想过能得到孩子、艺术、文化、朋友、男人、性、读书时间、无所事事和即兴逃避以及天知道还能取得的一切而不必付出代价？

我始终都在顾及！她大吼道。

一切都要占用时间，布里达。他说。

然后他一连几天都不再说话。

*

她暂时住到尤蒂特那儿。

她下午看孩子，和她们一起去游乐场或者游泳池，去冷饮店，或者去看电影，带她们回家吃晚饭，然后回到女朋友的家睡觉。

陌生空间的空虚和凉爽有治疗作用。她睡得好。没有强迫，没有束缚。没有脏东西必须消除。没有要洗的衣服。没有人要求她什么。

晚上她和尤蒂特挨着坐在沙发上度过。她们喝酒，吃橄榄、奶酪和饼干，看尤蒂特经常访问的在线门户网站的新闻。在马市网页上，尤蒂特对马的大小、品种、年龄和动物的骑士风度感兴趣；在伴侣配对网页上她看到的是男人的身高、年龄、职业和业余爱好。

布里达发现了她们二人之间的区别。

有时候她会短时间忘记孩子。

然后她就在城里闲逛，在某个咖啡馆里写几句，散步，看展览，到旧货店乱翻，大白天去看电影，看房子。但与中介约定的日期终结了她的无忧无虑。关于收入和几个孩子的问题迫使她直面现实。使她吃喝不愁的半年奖学金很快就没有了。当前的写作计划处于不值一提的阶段。

但葛兹不会让她垂头丧气。只要她偶尔为报纸写点什么，只要她很快就完成自己的书，就会商定一笔预付金，接下来的一年或两年的生活问题就算解决了。

为了和葛兹谈谈燃眉之急，她开车去了葛兹的作坊，他的眼圈是黑的，没有做出任何显得亲切的努力。他默默地听着她冗长的解释。他既不回答一个字，也不问，只是等她讲完，然后点点头，把她送到门口。

孩子们每天都在问，她什么时候回来。从来不问是否，永远只问什么时候，而布里达总是回避并谈论一个新的住处、一个冒险和一种完全不一样的生活。赫尔敏娜会立刻而又坚定地说：不！

她不想要什么新东西。然后，她又重复她通常的问题：你什么时候回来？

布里达不止一次地思考过丢下孩子、出走和完全重新开始的可能性。与另外一个男人在另外一个城市生活，作为一个女作家，而不是作为一个写作的母亲。

但是，这种想象是苍白的。一旦女儿们在幼儿园里迎面向她跑来，那种想象就失去了魅力。

尤蒂特只要不工作，就去骑马或做体育运动。

观察尤蒂特的日常生活使布里达冷静了下来。她突然觉得尤蒂特的自由没有了意义。家里没有什么要求她存在——没有植物，没有动物，没有别人；那只是一个基地，一个起飞和降落的场地，一个仓库。这里没有节日要庆祝，也没有孩子玩耍。

客厅里的黑色贝希斯坦三角钢琴被覆盖着。她一次也没有听见尤蒂特弹过。此外，一张淡紫色的沙发几乎统治着空荡荡的其余空间。沙发是坐的地方，也是吃饭和工作的地方，三位一体。然而，尤蒂特经常盘腿坐在闪光的镶木地板上。

她在外貌上浪费很多时间。浴室里的化妆品非常昂贵，结果不言自明。干净而又光滑的皮肤和闪亮的头发使尤蒂特显得很有朝气。虽然布里达更年轻，但相反，她感觉自己的精力已经耗尽并被吸干了。眼睛下面的黑圈从未消失过。

有一两次她开了尤蒂特的黑色奥迪。她以每小时二百公里的速度在高速公路上狂奔并听着音乐，横穿过古典音乐荟萃。路就是目标。有时候，她在某个地方开车观花，沿河跑一段，穿过一个村庄和一片树林。她是否把这一切都白白扔掉了？她是否只需要一次休息？这种折磨人的问题每走一步都会敲击一下她的脑袋。

三周之后她们之间的关系绷紧了。尤蒂特每天都回来得很晚，有时候根本不回来了。该是她走人的时候了。

第五周开始时布里达回家了。

中午她就把孩子们接了回来。

她们一起去赶集，在每周一次的集市上买了西瓜、草莓和新出炉的面包、熏鲑鱼、手制黄油和新鲜土豆。在回来的路上她们唱歌，姑娘们一秒钟也不松开她。

起初葛兹根本没有评论她的回归。葛兹吃着她为他烤的大黄茎蛋糕，与孩子们逗乐，后来，当赫尔敏娜和温迪娜一起去花园玩的时候，他倾听着布里达的解释和道歉。当她保证再也不离开家的时候，他摇摇头说道：别这样！

在那之后的几天里她一直泪水涟涟。当他们都一起坐在桌边吃饭的时候，当孩子们都很满意以及葛兹顺便触摸她的时候，她终于意识到自己曾经抛弃了什么。现在，她感到后怕了。

他们每天如胶似漆，布里达总觉得他的抚摸没有够。午饭时间她把亲手做的饭送到作坊里，把家打扫得干干净净，维护花园，和孩子们一起做游戏，做手工，虽然她觉得无聊得要命。

他不想听她一次又一次地宣称，她感到多么遗憾和她多么爱他。

她爱他。这是真的。

她觉得分居的那几周像一场噩梦，她把他们的这一年用他的名字命名。

地狱般的一夜留在她的身后。和这儿的假期没有任何关系。

应该怎样才能成为恐惧和绝望的主人，她还一直都没有学会。白天她想到死亡被证明是有帮助的，但在夜里死亡的念头只会导致她希望死神来取走自己的性命。

赫尔敏娜和温迪娜睡得很实，像天使似的。因为她们对在上下铺睡觉的分配不能达成一致，所以她们俩都睡在上面。她们一人一头地睡着了，同时一呼一吸，一呼一吸。

布里达踮着脚尖离开了房间并再次躺下。她被冻着了，她的心在狂跳。

心脏还会这样跳多久呢？这个节奏还会持续多长时间呢？这颗心脏会要她的命。它将会停止跳动。就这么简单。在想象的安全那一瞬间之后。

这不是一颗好心脏。这是一颗腐败而又愚蠢的心脏。它跟随错误的足迹并让错误的声音诱惑了。它将停止跳动，因为它理应停止跳动。

而孩子们在睡觉，不会预感到什么。

葛兹睡了，没有任何预感。

没有人来并从她心中拿走恐惧。

天亮了。从树林那边传来犬吠，最后一批蝙蝠从夜间飞行中回到度假房屋外层木板后面的巢穴。它们无声的影子比要求幸福的鸟儿的歌唱使她感到更舒适。

她必须和葛兹谈谈了。这是最后一次尝试。

她把比思文雅更多的东西放在天平的秤盘里。一边是两个共有的孩子，一边是他一生中最好的性生活。他不是对她说过和任何别的女人都没有像和她重新在一起那样吗？他不是说过只有和她能超越边界吗？她将提醒他这一点。

她将提醒他记住他们的关系开始时的牺牲和今天的牺牲。第二个他隐瞒的女人，为了他的缘故她一忍再忍。但是，在他身边的合法位置是她的。

她将提醒他记住美好的时光并为糟糕的时光向他道歉。

她将不会做任何保证。她已经多次食言。但她将向他指出，这种不做承诺像她觉得严肃认真一样。一切尽在不言中。他会注意听。他将会理解。

她的心平静下来了。鸟儿的歌唱听起来不再像对她痛苦的嘲讽之歌了。

房屋后面草地上湿漉漉的草丛中有无数蟾蜍在迁徙。

她光着脚站在那些冷冰冰的褐色动物之间。她弯下腰，捡起一只，用两只手握住。小东西分泌出一种黏液。蟾蜍乱蹬乱踹，想逃走，但洞口太小。布里达的手把那个胆小的动物握得更紧了。

应该有人来，也把她紧紧抱住。

她转过身，看着度假屋隔壁的窗户。所有的百叶窗都被拉了下来，门紧闭着。

他们在交媾吗？或者他们在造他曾经说过的孩子吗？此时此刻他正在向她张开的母腹中倾泻吗？这个瞬间就是那个扭转命运的时刻吗？她必须去按门铃，必须去中断这次性事，必须打断那个他将终生承担义务的行为。

现在她真想撕开那只小动物的两腿。她真想扔掉那只蟾蜍直接跑回屋里去。

她不想要没有他的生活。

她不想再单身了。

她的手颤抖着把水倒进热水器，把咖啡粉倒进一个杯子里。但她后来没有冲咖啡就出去了，只穿着一件睡衣。她向前走了几步把手指放到门铃按钮上。

* * *

布里达肯定说过不再重复自己的错误。

葛兹和他重归于好的这一年是丰富的一年。

尤蒂特和她很少见面了。一次是在莱比锡音乐厅，两次是在一个酒吧，但那是一种奇怪的感觉，在尤蒂特面前，她不得不为感觉自己是个胆小鬼而辩解，这使布里达想保持距离。

当两个小姑娘去幼儿园的时候，她写作，可每当她的人物快要活起来时，每当她就要跟上他们时，就快到要接她们的时候了。

正如许多年轻人的家庭那样，葛兹和她也是单独生活的。他们离葛兹父母亲家走高速公路大约是五个小时的车程，而到她自己父母亲那儿是不到四个小时的路程。每年寒假他们在德国南部度过，暑假在德国北部的梅克伦堡度过，双方父母亲各两次会在同一时间到莱比锡回访，这期间赫尔敏娜、温迪娜和她们的祖父母、外祖父母在一起。

最终分手的那一天，布里达如堕五里雾中。

两次想躲起来进行几天写作一开始就失败了。葛兹为了她答应了这两次暂停自己手头的工作。可是两次都被他不能拒绝的任务横插了一杠子，因为一方面他需要钱，另一方面他也不想失去那些多年的老客户。

他要挣钱。布里达自从得到她的第一部小说预付金和朗读得到一点报酬以来，她对家庭收入没有值得一提的贡献。她的两个女儿出生时双方父母亲的资助早就花光了。葛兹一个人承担着。他从未为此诉过苦。

而他那么容易感到满足也使布里达生气。他的沉着使她窝火。他的朴素使她想要更多。

*

布里达在一个酒吧里认识了第一个恰好把她的特征当作优点赞美的男人，而葛兹对此却横加批评。尤蒂特促成了这次接触。一个微笑，歪歪头，撩撩发和高高地跷起穿高跟鞋的脚——这种事对她来说轻而易举。只有布里达在她眼里看见了鄙视，因为这一次太简单了。然后尤蒂特就把她的酒伴献出来，让给了布里达。

这个她已经不记得名字的男人给她留下了深刻印象。

孩子、丈夫和写作，好啊。他自己也写作，但他不能介绍自己有什么大作。对于常常使她火冒三丈的急躁和愤怒，他不仅表示理解，而且把这些现象定义为充满活力的艺术家人格的标志。她没有再去见他，但她后来不得不经常想起那次谈话。

第二个男人叫M.。

在幼儿园庆祝夏季聚会那天，她本来不会去的。她想在一个离葛兹和孩子们较远的地方写作，可是这一次又被某件事情给搅黄了。

她觉得M.经常挡着她的路，大都是下午她要去接孩子的时候。现在，这个人就坐在她身旁的沙箱边缘，正在敲打着手机屏幕。他的儿子叉开腿犹豫不决地站在温迪娜堆起来的城堡前面。他咬着下嘴唇，手里拿着一个铲子，好像脑袋里正在认真地琢磨着什么。然后，他突然一跃，正好落在城堡中央。

温迪娜没有愤怒，只是疑惑地看着他。她叹了口气，离开了沙箱，爬到一个秋千上。她坐在秋千上观察接下来会发生什么。

在这个瞬间，她像葛兹那样坚强，布里达不能把自己的目光从温迪娜身上移开。她的优势首先表现在她的面部表情上。男孩破坏她作品的快乐可能唤起了她的好奇和同情。她认为没有必要进行反击。她的优点在于立刻接受了事实并转向别的游戏。布里达感到自己的怒气在上升。但让她愤怒的不是那个男孩，而是她自己的孩子。

M.表示道歉。你到底是怎么啦，利纳斯？他训斥自己的儿子，同时紧紧地抓住他的两只胳膊。

我不知道她为什么要造那个城堡。当他想挣脱并跑开的时候说道。

他们的赤脚在沙箱里几乎碰到一起。他穿着一条蓝色的亚麻布裤子和一件透风的白色衬衫。他把那双优质的人字皮拖鞋脱了。

这是那样一个夏日，布里达最喜欢的是——无风而且那么热，使彬彬有礼穿衣服变成一件没有必要的事情。

他的目光很直接，但并不具有吸引力。

我知道如何补偿，他说着从钱包里掏出一张名片递给她，下周我们有一个新的展览。你们一定要来啊。然后，我们一起喝杯葡萄酒。

看情况吧。她说。他微笑着点了点头。

这个异乎寻常不引人注目的女人，这个此刻就坐在他旁边沙箱边的女人，手上的婚戒和他手上的婚戒一样，也是简洁无光的白金戒指。认识您真好，他[①]对布里达说，我读过您的小说。我特别喜欢。

他的眼睛里看不到窘迫的痕迹，没有回避。她理解他的目光想说什么。

在那之后的几天里怀疑产生了。M.只是友好吗？他对所有的人都以这种方式微笑吗？

在艺术展览开幕的那天晚上，她没费周折就离开了家。葛兹很高兴，能够和孩子们一起度过这个晚上并能早早地上床睡觉。他连续工作了两天，每天十二小时，已经精疲力竭了。

当布里达走进画廊时，她立刻确信在幼儿园夏季聚会的那一幕是个误会了。M.被很多人包围着。他的样子看起来好极了，一只胳膊揽着一个年轻女人，后来那个女人被介绍说是一位艺术家，她的作品就挂在墙上。当布里达观看那些大幅摄影作品时，她感觉自己很蠢。她既不理解那些照片传达的信息，因为所有的照片全都是一张桌子，也

---

① 此处原文错误，把他写成了她。原文第175页中（...sagte sie [soll: er] zu Brida...）。

不懂是什么把她推到这儿来的。

她慢慢地、尽可能不引人注目地向门口移动，从拥进来的人群身边挤过去，到了外面，她点了一支烟，疲倦地靠在旧工厂建筑物的墙上。她闭了一会儿眼睛。她重新睁开眼睛时，发现M.就站在她面前。很近，他两只手插在裤兜里，显然很高兴。

在一个旅馆房间里的第一次性行为是激烈的。那是个周一，M.休息，画廊关门。

乘坐电梯上楼时他们都没说话，一进入房间他们就脱了衣服，如狼似虎地叠压在一处。

她看不见他的脸；他们贴得太近了。他几乎是粗暴地转动她的头，让她面对着自己。她哭起来并从他的手中挣脱。

你后悔了？他问。她回答：不，不是因为这个。同时她躺在他的肚子上，拿起他的胳膊搂着自己。

她也向他讲述了有孩子的生活怎样妨碍了她的写作，对她来说养育孩子不是全部，她的生活目标应该是另一个样子。他苦笑了。他说，他希望自己的妻子心中还保留一点这种愿望的痕迹。自从儿子出世以来，他妻子就觉得，除了孩子之外，再也没有任何别的东西了。

布里达更紧地向他贴过去，他所说的，听起来就像进入一种更美好生活的邀请。

在这共同度过的第一个下午，在所有未来的日子里，他说的全是她。奇怪的是她竟然感到心安理得。

你和我，M.说，我们是自由的人。如果有人放开我们，我们就在一起，如果有人要占有我们，我们就走。

他把她比作干涸土地上的植物和笼子里的动物。同时拉着她的手，看着她手指上的戒指。艺术和市民婚姻格格不入，他说，布里达应该有生活和经历。凡是她没看见的和没有感觉到的，她也不能生动地描写。

然后，他们确认，他们这样相互理解是多么神奇，他们的所作所为多么美好。一回生，二回熟，陌生感一次比一次少，幽会日多，分别变得越来越难了。

与M.的相会只能在白天进行，就是在孩子们去幼儿园、葛兹去作坊工作的时候。他晚上回家时，布里达已经消灭了一切痕迹。然后，编好的发辫重新做成花环盘在头上，她的手忙着切菜，脑子里却想着孩子。

葛兹毫无觉察。他变得亲切并倾注全力，这种无可指责的态度恰恰让她觉得无法忍受。当他在夏天一个闷热的晚上带回一束千禧年文化中心[1]的鲜花时，她感到心中有一种几乎将她撕裂的压力。这就是说，他把标杆升得高而又高，而她自己却把标杆降得低而又低了。

她把花插进花瓶里，走到阳台外面，无声地哭了。下面，孩子们在玫瑰花丛中的草地上玩耍，那是布里达在他们来到这里的第一个夏天种的。赫尔敏娜打开了浇花的橡皮管水龙头，把水喷洒到光着身子坐在草地上采雏菊的温迪娜身上，两个小姑娘在快乐地尖叫。

在她们看见楼上的布里达之前，她已经回到厨房。葛兹把所有的门和窗户都打开了，他想让穿堂风吹起来，但却一点儿风丝也没有。果蝇在桌子上切开的西瓜周围乱飞，好几只六月甲虫迷失了方向，嗡嗡地飞来飞去，笨拙地撞在柜门和窗户的玻璃上。她听见葛兹在浴室洗澡并意识到自己在这个瞬间完全不配获得这样的幸福。

第二天一早，葛兹送孩子们去幼儿园。布里达任凭餐

① 林登费尔斯舞台是莱比锡的一个文化机构 1999 年至 2000 年的一个项目，2003 年完成。千禧年文化中心集戏剧、电影、舞蹈和音乐等设施于一体。

具在桌子上摆着，对浴室里堆积如山的衣服置之不顾，拿着笔记本电脑，端着咖啡走到阳台上坐下。她在那儿先抽了一支烟，下决心不再见M.，接着打开一个新文件。

她选了一个题目猎人与猎物并开始写作。

从第一句引出第二句，接着就这样流水般地写下去，直到电话铃响起来。温迪娜感到恶心，赫尔敏娜面色苍白，两个孩子都说肚子疼，幼儿园园长打来电话说。必须立刻把孩子接走，可以先去医院，再送来时，要有医生的健康证明。估计可能是感染了轮状病毒①。

时间刚过10点。葛兹的电话号码也留在幼儿园了。要是一切顺利，布里达本来还能写作四个半小时。但在这一天和接下来的两天里，她几乎没有感觉到她周围发生了什么。她像梦游似的护理着两个孩子，孩子每次吐泻之后，她都要擦洗她们的床和睡衣，每次她们都来不及上厕所。刚刚诞生的小说人物伴随着她，而孩子病得太厉害，身子太虚弱，没有力气对她们的母亲和看不见的人物说话表示惊异。

第四天，赫尔敏娜和温迪娜感到好些时，正值周末，而病毒也在她身上发作了。她呕吐了两天，又拉肚子又发

---

① 轮状病毒（Rotavirus）是引起婴幼儿腹泻的主要病原体，夏秋季发生，表现为肠胃不适，呕吐腹泻。

烧，她吃力地从卧室走进浴室，又东倒西歪地返回来。葛兹端茶送水，给每件东西消毒，让布里达很感动。他果然宽恕了她。

周一那天她还是在床上度过的，周三，她把椅子推到写字台跟前，打开笔记本电脑，像平时那样瞥了一眼镶在框里的卡森·麦卡勒斯[①]的肖像，她把手指放在键盘上等候着。

什么也没有发生。

她盯着屏幕并读着已经写下的那几页。

什么感觉都没有。

她出汗并发抖了，突然，她心中产生了一种令她毛骨悚然的我已非我的感觉。她觉得熟悉的阳台、房间和花园周围的环境一下子变得陌生了，M.在手机上向这种变化的感觉里面发送了一条伤风败俗的信息。

她笑了，又哭了，然后思想变得漫无头绪，最后乱成一团。她的头盖骨疼得简直要爆裂了。她想叫喊，但她喊出来的只是一种与她的声音无关的哀叹。她的身子抖得厉害，以至于她的双手不得不抓紧桌子的边缘并想到：这是一种精神崩溃。

---

① 卡森·麦卡勒斯（Carson McCullers, 1917—1967），美国女作家。

她又哭又发抖的状况持续了多长时间，事后她自己也说不出来。她在床上躺到下午，窗帘被她拉上了，快到接孩子的时候，她给葛兹打电话，让他去接孩子。

直到吃晚饭的时候她才起来。她和葛兹以及孩子们坐在桌边，但却一口也吃不下。

葛兹刚吃完晚饭就带孩子们去睡觉，给她们打开一本有声小说并回到厨房，布里达仍然坐在那张椅子上。葛兹倒了两杯白葡萄酒，往两个杯子里各放了几块冰，把椅子搬到阳台上摆好，并把一个烟灰缸摆到布里达面前。

然后，他就开始听她讲，不时地点点头并多次咕哝道：这我懂。但当布里达吼叫起来该死的，你压根儿就不懂之后，他也不动声色。

本来她必定清楚，从这次谈话里只能产生两种解决办法。一种解决办法的结果意味着终结，而这是葛兹——对此她很有把握——不允许发生的。

葛兹以习惯的不急不躁的方式和她说话。他的居高临下不是有理智的，在这方面她压倒他毫不费力。他的优势更多地建立在一种稳定的情感基础上。怎么行动对他有利对他来说不难。他知道自己的底线，不会越过它。

当然他不想让她不幸，他十分清楚，对布里达来说，孩子们不可能是她生活中唯一的任务。她恰好不是这样一个女人。她在每一句话里都听见了失望。

但是？她问。

他把两手叠在一起，又把手放在他们之间的桌子上。他的目光躲着她，但他的声音是坚定的。你对这件事到底是怎么想的？我不能拿出一半时间来照顾孩子。这是不可能的。

他的下巴显出棱角，肌肉在抽搐。

作坊和店面是我们的生活基础。你必须勉强接受这个事实，放弃一定的写作时间，如果你不能接受这一点，那么我们就只好分开了。

*

还有另一种办法吗？

后来她经常给自己提出这个问题。

在接下来的几次没有结果的谈话中，她一再地重复这个话题，而新的一页出现在葛兹眼前。他苦涩地谈到当时怎样为了她的缘故与玛丽卡分开。因为他只能想着她。因为她送来的那块该死的鹿肉。因为她在那个他刚好已经开始忘记她的时间点又随着那块该死的鹿肉砰的一声回到他的生活中。同时玛丽卡正是那个她想做而布里达完全拒绝做的女人。

*

他们达成一致的解决办法被称为鸟巢模式。

他们分手了，孩子们仍然在家里，只有父母亲轮流在家。布里达在家里和孩子一起的时候，葛兹睡在作坊里。布里达不陪孩子的时候住在一套公租房里。

在达成协议的瞬间发生了一件奇怪的事情。为成年人理智地谈判最后达成一致而感到的骄傲诱惑她开了一瓶香槟酒，并且他们一起睡了。

这次性生活比以往任何时候都来得更猛烈。他把她提高到一个新层面。

似乎一切都重新成为可能。

她与M.只又见了一次面。她不再需要他了。

为这一年命名是容易的。她称之为自己的一年。

* * *

她的手指放在门铃按钮上。她在镜子中的影像从镶着玻璃的门上直视着她。一个穿着睡衣的疯子。在这个电梯里她说什么都无所谓，葛兹不会当真的。

她转过身，走了回去。

孩子们已经醒了。她们的房间里播放着一首蕾哈娜的歌。就像天空的钻石[1]，赫尔敏娜做作地学唱着，但当温迪娜加入合唱的时候，赫尔敏娜粗暴地撞了她一下，尖细的声音立刻停止了。布里达打开门，早上好，我的宝贝儿，她说着转向温迪娜，当然你也可以唱。

她的第二个女儿的态度，好像在尝试通过无所要求来对她计划外的存在予以补偿似的，与此同时，她的如愿出生的孩子赫尔敏娜已经实现了自己对生活的要求。赫尔敏娜让布里达觉得轻松得多。她没有让布里达感到良

① 就像天空的钻石（Like diamonds in the sky）是蕾哈娜歌曲 *Diamonds* 中的一句。蕾哈娜（Rihanna），巴巴多斯歌手，1988 年出生。

心不安，她像布里达一样，不专心而且容易发火。你们想吃早饭吗？布里达对她们大声说道。再等会儿。赫尔敏娜回答。

她从柜子里拿出一条新浴巾，把头发盘成发髻，穿上游泳衣，套上一件连衣裙。

我二十分钟以后回来。她大声说道。

在通向湖面的路上，她赤脚走在凉爽、挂着露珠的草地上，她希望自己是这个早上唯一去游泳的人。

睡莲的叶子像一个个绿色的小岛浮在她去游泳的水面上。昏暗的湖静悄悄的。

她走到板桥尽头，把衣服放在木头长椅上，顺着小梯子慢慢地走下去。她向冰凉的水中每深入一厘米便感到多了一分活力，当她最后完全没入水中并开始游起来的时候，她感到好久没有这么强壮、这么舒服了。每一次浮出水面都像在汲取希望，每一次换气都像在呼吸纯净的生命。她完全忘记了自己原来是什么样子。

她一直顺畅地游到湖心处，没有左顾右盼。然后，她翻了个身换成仰泳姿势，望着天空。太阳还没有升上树梢。两只天鹅从她头上飞过。布里达打了个冷战。

她用有力的挥臂动作往回游。

当她顺着梯子爬上板桥时，她的身体抖得越来越厉害了，以至于牙齿得得地磕碰起来。她像剥皮似的脱掉游泳衣，然后迅速而又用力地擦干身体，擦了很久，直到皮肤发红发热为止。接着，板桥被陌生的脚步踩得晃动起来。她十分平静地站着。她用浴巾紧紧地裹住自己的身体。

他伸开两臂抱住她，他的手抓住浴巾并把它抽掉。*我们必须停战了，他说，但是我不知道怎么停。*

葛兹头朝前跳进湖中，向对岸游去。布里达从长椅上看着他。她不想被他抛弃。她站起来，拿起衣物，跑回屋里。现在她为早餐而高兴。葛兹、她和孩子们将坐在一起，没有思文雅。他们仍然是一家人。

夜里思文雅患上了膀胱炎。她带着烧灼和疼痛坐在马桶上一直到早晨。此刻，她坐在附近小镇的医生那里等待处理。

布里达确信，思文雅会把她的病归咎于她。当葛兹和玛丽卡还在一起的时候，他第一天和玛丽卡睡，第二天和布里达睡，结果布里达的情况就和思文雅现在的情况一模一样。

葛兹端着热腾腾的咖啡坐到她身旁的桌边。当他充满自责的目光和她的目光相遇时，布里达就知道，没有思文雅的时辰只是一种可能性的幻想。

她曾经相信，她的存在是由可能性组成的。她只能选择。但是，当孩子们来到他们之间时，模式就形成了。规则要求遵守。没有法官惩罚违规者。生活本身会处理这件事。

她看了看孩子们，又看了看葛兹。他已经做出决定——她会看到的。

赫尔敏娜兴致勃勃、喋喋不休地谈着她想上的摄影课和晚上蝙蝠的迁徙。温迪娜正在嚼着果酱小面包。

葛兹看起来不饿。他的目光不时地瞟一眼手机。布里达从大玻璃窗向外看着蔚蓝的天空。

理想的一天开始了。

*

上午她就把自己的东西塞进汽车并把钥匙交给接待处。她和孩子们一起最后一次走向湖边。温迪娜拉着她的手，握得很紧。赫尔敏娜跑在前面。她让孩子们自己选择，两个孩子都想让她留下。

她再一次和她们一起去外面游泳，惊异于赫尔敏娜的潜水技术并夸奖温迪娜敢从跳板上小心翼翼地往下跳。

她的告别持续时间很短。她亲吻并拥抱了孩子们，向葛兹和思文雅转过身，微笑着举了举手，就上了车，开车走了。

她能从反光镜里看见他们。像一个家庭，他们站在度假房屋门口，使劲地摆着手。布里达按响了喇叭，踩了一下油门，透过泪水的帘幕，她几乎看不见道路。她开着车像穿过浓雾似的进入这个夏日的一天。

*

傍晚，她把汽车停在家门口，让沉重的行李箱躺在后备厢里，取出信箱里满满的信件，走上楼梯，回到家中。

迎接她的是静寂、温热而又污浊的气味。她打开阳台门，走到阳台，看见木箱里干枯的花，然后在天空寻找楼燕。现在是8月初。她回来得太晚了——它们已经飞走了。

她开始煮咖啡，从储备箱里取出可长久保存的牛奶并清理积满飞蛾尸体的陷阱。赫尔敏娜称之为动物墓地。她忽然想起来，她还没有给这一年命名。布里达年是去年，自那时以来已经过去很久了。

她关上儿童房房间的门，免得看见里面乱七八糟的景象，然后走向写字台，掀开笔记本电脑，打开一个新文件。

她将要写的故事有一个幸福的开始和一个幸福的结局。

一个夏天，她写道并在那一行下面添加了：

布里达·李希特布劳 著。

玛丽卡

玛丽卡紧了紧琴弓。

她把琴弓的马尾在松香上拉了拉，放好小提琴，拉了几个音阶预热。她双脚赤裸，分开两腿与臀部同宽。彩色的花长裙随着她的动作节奏摆动。

几天来，妹妹的建议在她的脑海里作祟。那是一个只有乔琳德能想出来的建议。好像一切都是可能的。好像可能性没有边界。好像人是一张能任意书写的白纸。

她拒绝了。当然。但那个念头一直萦回在她脑际。

云峰掠了过去，阳光照在窗前的泪珠形玻璃水晶上。她的猫，菲利齐塔斯，躺在两个花盆之间。它伸了个懒腰，展开四肢并用爪子拍打了一下水晶。书架对面彩虹色的斑点开始晃动起来。

玛丽卡把小提琴放到一边，松了松琴弓的旋钮，把琴装进琴箱。今天没兴致练琴。

她的手指在书脊上滑动。她手上的光谱色随着水晶晃动的节奏颤抖着。光谱色停在一本薄薄的小书上。她抽出那本书，打开它。很多页上都贴着黄色的标签。玛丽卡对所有的段落都一清二楚。

最近，当她听说中篇小说已经出版的消息时，当天就骑车进城去了书店。她乘滚动电梯上了二楼，看见书店女服务员的红色鬈发出现在一张书桌后面。她的怀孕已经无法掩饰，并使玛丽卡感到刺痛。

她一见玛丽卡就举手致意并直截了当地说：*来得正好！有一个关于您最喜欢的女作家的新闻。*她挺着大肚子摇摇摆摆地走到摆放新书的桌子跟前，拿起那本深蓝色封面的书递给玛丽卡，并加上一句话说明：*一个伟大的爱情故事。*

稍后玛丽卡就带着一本作者签了名的*一个夏天*离开了

书店。在她骑上车之前，她用食指在蓝墨水写的名字上抚摸了一下。

布里达·李希特布劳。

她不知道，她现在已经把一个夏天这本书读过多少遍了。

在布里达·李希特布劳的前三本书中，男性人物都带有葛兹的特征，但也都与玛丽卡在每一行里寻找的那个人有很大区别。直到这本书她才确切地遇到他。

她打开一个夏天，翻到一个她喜欢的地方。

欧达又在梦里哭了起来。为了不让隔壁的汉斯和吕蒂雅透过一层薄薄的墙壁听见，她尽可能克制着自己的抽泣。

玛丽卡微笑了。她希望，这个虚构掩盖着真实，布里达就是欧达，而她就像玛丽卡一样忍受着痛苦。

直到多年之后，那次经历仍然让她感到痛苦。

菲利齐塔斯能感觉到一切。它从窗台上跳下来，跑到玛丽卡跟前，用力贴着她的腿。它把尾巴翘得高高的，发出呼噜声，意思是要求抚摸。

玛丽卡蹲下，挠着猫的皮毛。

在去音乐学校之前，她们还有足足一个小时，她将在那儿听一个虽然可爱但没有天赋、由虚荣的父母亲陪同的九岁女孩儿怎样用远远不够干净的琴弓试拉空弦。有时候小姑娘会哭起来。然后玛丽卡就取出一个装满糖果的纸袋给她并为她示范。

接下来面试的是一个有天赋的七岁男孩，他聚精会神的时间最多能持续五分钟，所以她不得不想出新的花招和游戏使他回到乐器上来。

酬报她的耐心的是劳拉——一个极有潜力的女孩，十二岁，虽然小，但却非常努力。她几乎总是顽强地闭着嘴唇，很少微笑，但她一开始演奏，面部表情就会立刻放松下来。

晚上，父母亲家里有一个庆祝会。自从她会思考以来，每到母亲的生日那天，他们家都会搞一次家庭音乐会。父亲会把同事们叫来，一个弦乐四重奏就迅速地组成了，今天他们为生日晚会演奏的是布拉姆斯的钢琴五重奏。

妹妹和她同时参加演奏。乔琳德演唱并朗诵艾尔泽-拉斯克·舒勒的配乐诗歌，玛丽卡用小提琴伴奏，钢琴部分由父亲亲自演奏。

*

在德国重新统一之前，玛丽卡的父母亲家是一个朋友聚会的地点，一个文化沙龙，核心就是赫尔穆特和维克托利亚。朋友们称这一对伉俪为美女与野兽，在玛丽卡的生活中有过这样的时期，在那些时期里，她完全有把握地确认她不是这对令人捉摸不透的父母亲的孩子。

她的母亲小巧玲珑，她的身材与父亲——一头气喘吁吁、大笑起来颇有感染力的海象——有着强烈的反差。父亲在乐团里演奏大提琴，但他演奏钢琴也超过一般水平。维克托利亚也曾梦想成为音乐家。她想成为古典歌唱家，但她的声音不够高，而学钢琴同样也没有希望，她的小手几乎够不到一个八度。

于是她就成了音乐学家，她为电台撰写古典音乐新现象评论并在大学授课。

音乐家、画家、诗人、电台和电视台的工作人员、医生和大学教授不断地在他们家进进出出。事实上，玛丽卡和乔琳德在场时也没有人关心她们。乔琳德无拘无束地在许多成人之间走来走去。她跳舞、唱歌，到处尝酒。每个人都喜欢她，每个人看见她做的鬼脸都会大笑。她能准确地模仿客人的表情，没有人怀疑舞台早晚会成为她的家。

玛丽卡正相反，她会找一个安静的地方，不受干扰地翻看大画册，因为怕孩子的胖乎乎的手指弄脏了画册，所以平时只有在母亲的监督下它才会被拿出来。她最喜欢文艺复兴和巴洛克时期的画家。

在这样的晚上，父母亲有时候会忘记送孩子们去睡觉。然后，她们会在刚好坐着的地方穿着衣服进入梦乡，第二天才从烟雾腾腾的房间里醒来。没有人问孩子们对这种情况有什么想法。

柏林墙被推倒之后，这种社交聚会越来越少了。货币联盟[1]之后，有一段时间这种聚会根本就不再举行了。

全部生活的重组占用了时间，优先权转移了。

---

① 1989 年 11 月 9 日柏林墙被推倒之后，科尔政府推出用西德马克兑换东德马克的政策，通过经济统一成功地达到推动政治统一的目的。

赫尔穆特好像不得不接受诺特家庭重要性意义的丧失，而维克托利亚显然忍受了痛苦。

乔琳德想念那种嘈杂的生活和父母亲朋友们的关注以及赞赏。唯一的享受这种不平常安静的人是玛丽卡。

*

现在，阳光普照，万里无云。

玛丽卡把所有南面的百叶窗都放了下来。夏天只对又瘦又高的人是一种享受。

她在浴室里打开凉水往身上喷洒。她光着身子穿过客厅，在卧室里打开衣柜门。大多数衣服都又长又肥，少数裤子有松紧带。她决定穿黑色的带大玫瑰花的丝绸连衣裙，拿出一条新内裤，从首饰盒里挑出一条长项链。

夏天，她喜欢逃避的人们。街道、商店和博物馆清静得令人感到舒适。平时车水马龙的大街上似乎一辆车也看不见。有时候玛丽卡就静静地站着。

现在她就知道自己明天要生病。晚上她感到乏力。她的身体像平常一样，眼前直冒金星，偏头痛并且伴有呕吐。要是乔琳德不来，她可能会忽略身心上的疾病。但她妹妹就要来了。她会带着她的孩子一起来并打算谈她的建议。阿达和乔恩将如约站在她面前。

她为学生们收集好乐谱，把一瓶水和一瓶除臭喷剂装起来并取下小提琴。正当她要下台阶的时候，座机电话铃响了。她停了片刻，然后摇摇头继续往下走。在二楼楼梯上，她的手机响了。她在包里摸索着手机，也没看。心想，一定是维克托利亚要她早点过去，帮助做小点心。

*

当父母亲决定了孩子也成为赫尔穆特和维克托利亚的时候，玛丽卡十六岁，乔琳德十四岁。正如期望的那样，对乔琳德来说，不再叫妈妈和爸爸没有一点儿问题；相反，玛丽卡却很不情愿地接受了这种友好的级别。

把维克托利亚压缩为维克，直到今天玛丽卡仍不愿意叫。

她害怕晚上乔琳德和陶尔本与孩子们一起雪花般飞进来并张开双臂呼唤维克的时刻。

有时候，她一个人在她家里会弄巧成拙地把维克改成菲克，然后大声说出来，一次又一次地重复。

在青少年时期的某个时候，玛丽卡突然理解了，赫尔穆特随乐团巡回演出时，维克托利亚为什么几乎每天晚上都出去。她经常直到深夜才回家，有时候第二天清晨才回来。关于她母亲有性生活需要的想象使她感到恶心。更糟糕的是，她觉得应该满足这种需要的不仅是她的父亲。

事件达到顶点是在寒冷的11月，打开边界之后某个晚上。

父母亲在开庆祝会。赫尔穆特把快乐的、集体形成的措施涂写在一面塑料布旗上并把它挂在客厅的大双扇门上。

情绪有些亢奋。维克托利亚从早晨起就已经开始喝酒了，到晚饭前，客人中已经没有一个清醒的了。

作为最后的客人之一出现的是吕迪格。他们都叫他油毡鲁迪，因为他在德意志民主共和国物资匮乏时期仍然为几个朋友的房屋搞到了油毡。玛丽卡喜欢他。他讨好她，自称是一个哲学家和一个抒情诗人在与她交谈。他把她当作成年人对待，虽然她才刚刚十六岁。

他来的时候，所有人都聚集在厨房里，大概一共有二十人。他立刻加入他们的谈话，谈话中的某个瞬间，话题转到谁曾经赞成建柏林墙。他立刻说出戏剧家彼得·哈克斯[①]并热情地找到某一句引语。

*赫尔穆特，哈克斯在哪儿？*他大声问，玛丽卡的父亲回答道：*在哈克斯沙龙里！*

*哈克斯在哈克斯沙龙里！*鲁迪像疯子似的大笑起来。而维克托利亚也跟着大笑起来并把头歪倒在他的胳膊上，看起来，要是她不用他的胳膊支持，好像就要倒下去似的。鲁迪去这套房屋的那个放哈克斯克劳茨[②]的房间叫哈克斯，那间屋里还堆满了劈柴和书籍。

然后，他们讨论柏林墙被推倒以后将会发生什么。

他们讨论了德意志民主共和国的终结。一个伟大思想的终结。关于总体的终结和一种新的开始以及自由。

玛丽卡看着她的父亲，他多次想开口说话，但都没有说出来。同情的波浪使她感动。他没有像其他人那样兴

---

① 彼得·哈克斯（Peter Hacks, 1928—2003），德国戏剧家、抒情诗人、小说家和杂文家，1955 年从慕尼黑移居柏林。从 1960 年起成为诗剧作家，作品颇丰。

② 哈克斯克劳茨（Hacksklotz）是哈克斯（本义：砍／剁）与 Klotz（砧板）两个字的组合词，可译为：剁肉墩。因为前半部分与作家的名字发音相同，而构成玩笑。译成中文，原文的幽默尽失。

奋，只喝了个半醉。维克托利亚最好的女友露特总是打断他的话。她转动着眼珠，愚弄他，嘲笑他。气氛越来越刺激了。有几个人同意她父亲的观点，他淡泊地重复道，为了不被吞噬，这个国家必须走自己的第三条道路。小部分人走开了，到演奏音乐的房间那边去了。玛丽卡加入了他们一伙。

当他们回来的时候，吕迪格和维克托利亚不见了。赫尔穆特环顾四周。他走出厨房，在过道里站立片刻。突然，他猛地向前走去。玛丽卡悄悄地紧随其后。

他推开放剁肉墩的房门并向里面看去。

吕迪格站在维克托利亚身后，裤子掉到地上。她的裙子被撩到背上，叉腿弯腰趴在剁肉墩上，正气喘吁吁。她的内裤被撕破，扔在地板上，就在斧头旁边。

赫尔穆特关上门，转过身，大吃一惊，因为玛丽卡就站在他面前。她也看见了他看见的一切。

在此后的日子里，她徒劳地等候着一个解释。每一次见父亲之前，她都在恐惧与期待之间摇摆。她寻找他的目光，但他总是回避，闷闷不乐，少言寡语，很少在家。

维克托利亚似乎觉得赫尔穆特的恶劣情绪与剁肉墩沙

龙里发生的那件事之间没有关联。她称他是一个性格阴郁而又爱抱怨的人。

玛丽卡第一次，也是最后一次向乔琳德透露了这个秘密。她拐弯抹角地对妹妹讲述了她看见的让她惊慌失措的一幕，可是，当乔琳德终于明白了的时候，她只是扭曲了面孔说道：你真有点儿反常。维克绝不会做这种事情。

从此玛丽卡决定，以后不管做什么事情都要和父母亲所做的不同。晚上，她躺着想象自己未来的家庭。她不要因为太特别而变得可爱和完美。对每一个孩子都应该一视同仁，不偏爱任何一个，也不微笑着讥讽任何一个。

她几十次地勾画出她抱着自己的孩子喂奶的情景，并继续设想将来怎样被孩子们围在中间。通常玛丽卡会在与此相关的男人出现的时候，早就入睡了。

*

她关上教室的门并将那串沉重的钥匙装进包里。像往常一样，劳拉总是很快乐。即使家庭作业有无聊的练习曲她也不抱怨。今天她的课延长了二十分钟，因为她想给小姑娘演示一首自己作的曲子。现在，玛丽卡正匆忙地走向出口，准备去父母亲家。

看市区交通图可以发现她的生活大部分时间都发生在一个锐角三角形地区。最长的距离是从父母亲家到音乐学校，最短的一段是自己的住处和父母亲家之间。

有一段时间，玛丽卡和父母亲保持着一个更健康的距离，也就是当她属于一个男人并且似乎将要建立自己家庭的那段时间。然而，自从那个她所爱的人不再向她提出要求以来，赫尔穆特和维克托利亚就什么时候高兴就什么时候做他们高兴的事情了。

*

有一天乔琳德像期望的那样搬走了。

本来不是去柏林而是去纽约，可能也同样好——不同的只是在想象中。

当母亲突然发现患上乳腺癌的时候，乔琳德停止了在法国拍电影的工作。玛丽卡陪着母亲走过了所有困难的路程。当父亲受损的主动脉瓣被切除并经受住置入新的动物组织时，乔琳德生下了儿子乔恩。玛丽卡每天去探视父亲并安慰恐惧的母亲。当父母亲的家被小偷破门而入时，乔琳德因为国际电影节而待在柏林，赫尔穆特和维克托利亚对此予以充分的理解。

什么变化都没有发生。

感到受宠、骄傲和快乐的始终是乔琳德。

还在很早的时候，放学后她们一起回来，一进家门，还在过道里乔琳德就无所顾忌地喋喋不休。大多数情况下，都是她在说无论如何她要得到什么。然后，她还会说，*这就是我一直想要的*。同时把两只胳膊吊在母亲的脖子上——又唱又说又挤眉弄眼——虽然迄今为止谁也没有听说过她曾经有这个愿望，但愿望仍然随着她*一直想要*这个理由而实现了。

待到母亲的注意力早已消耗殆尽时才轮到玛丽卡说话。

在后来的青春期也是这样，在那个可怕的身体和精神都翻天覆地的时期，首先是乔琳德催得父母亲忙个不停。他们像对禁令一样对协商不感兴趣。她抽烟、喝酒，偷偷地去文身。她与极端左倾的朋友们一起在粉刷一新的楼房墙壁上涂抹和喷写标语口号。有些口号如*为警察鼓掌*或者*去死吧德国*就是乔琳德想出来的。

但是，在父母亲的记忆中，让他们感到特别不好而又痛心的那个事件却要溯源于玛丽卡。

在州青年演奏家大赛的那天早晨，玛丽卡摔坏了她的琴弓。那年她十七岁。在约翰·塞巴斯蒂安·巴赫音乐学校举行的弦乐器独奏评比上午10点钟开始。第一名意味着可以参加全国比赛，而玛丽卡的机会很大。

早上5点半，维克托利亚就把玛丽卡叫醒了，这样她就可以从容不迫地吃早点，然后还能练习两个小时。6点时她又去了一次女儿的房间，6点半她将女儿的被子扯掉。快8点了，当玛丽卡仍然在吃早点时，维克托利亚从琴盒里取出小提琴，紧了紧琴弓并开始给琴定音。

现在我不再练习了，玛丽卡说，我已经练够了。

这句话之后接踵而至的是那种危险的宁静，对此玛丽卡很熟悉。她低着头，只顾用小勺吃着巧克力麦片。

你到底有多傻，维克托利亚暴跳如雷地吼道，这是你的机会！大多数人都为能够获得这样的机会而高兴，会去做准备，而不是往肚子里塞麦片并因此而变得肥胖。你有可能成为一个明星，玛丽卡！一个明星！

说完这句话她就捧着小提琴和琴弓站到玛丽卡面前，玛丽卡站起来，接过琴弓，怒冲冲地摔在了桌子的棱上。

她自己也感到意外。她手里拿着被摔坏的琴弓站在那儿，完全一动不动了。母亲的面部表情凝固了。她那漂亮的、容易扭曲的脸在不知所措中变得滑稽可笑，但她接下来做的不是继续三段式辱骂，而是一个清醒的计划。

必须弄一把新的琴弓来。重要的是演奏，演奏就是一切。

在这个瞬间之后玛丽卡看见了出路。假如她赢得比赛，一切只能变得更糟糕。

正当维克托利亚打电话的时候，玛丽卡回到自己的房间，关上门，转动了一下钥匙。她把父母双方都仇恨的摇滚和重金属音乐磁带放进录放机，倒卧在床上。皮尔的 *This is not a Love Song*（《这不是一首情歌》）隆隆地从扩音器里传出来，压倒了维克托利亚开始在她门口一边摇晃门把手一边叫喊的声音。这一天被当作玛丽卡摧毁了生活的一天写进诺特家的家史。

乔琳德实现了维克托利亚的梦想，以在恩斯特·布施戏剧学校毕业的成绩使她忘记了那些不眠之夜和曾经忍受过的焦虑。

* * *

在学习小提琴休学一年半之后，玛丽卡接受了音乐教师培训，培训一结束，她就带着成绩单去了父母亲家。她的各科成绩全优。

在路上，她突然想起来，赫尔穆特和乐团去亚洲巡回演出去了。她思索了片刻，想推迟这次访问。自从维克托利亚的更年期开始以来，她的情绪比平常更不稳定了。没有赫尔穆特这个出气筒，她们争吵的危险更大了。可是她以这样优异的成绩毕业，母亲本人一定会高兴的。

她加快了脚步，连续按了三次短促的门铃，没有坐电梯而是走台阶跑上楼并贴着母亲的身体进入家门。维克托利亚没有问候的话，只是凝视着玛丽卡。她没有化妆，头上缠着一条毛巾。

我来得不是时候吗？玛丽卡问。

不，不。维克托利亚自言自语地说着，关上门。

玛丽卡放下包，掏出成绩单，拿给母亲看。好，马上。维克托利亚沿着过道走进浴室，梳了头，很快走回来，脸上带着正常的表情说道，好了，现在看。

她抓过成绩单，手忙脚乱地找挂在脖子上的眼镜。她戴上眼镜并调整了多次之后，分外仔细地捋平了右上角的一道轻微的折痕。然后，她才仿佛感觉到这一切都意味着什么。她的眼睛慢慢地从上到下，又从左到右，看了又看。她点了点头，然后说道：音乐教师……如果想想你本来会成为什么样子就好了。

到家以后，偏头痛立刻变得比平常更厉害了。极端的视野狭窄症迫使她爬着进入厕所。她吐了三次之后爬回卧室，用手拉着床栏爬到床上，躺下就一动不动了。

她本希望，一种像仇恨那样强有力的感觉也许能使她想起恰当的话语。但是，当她站在母亲面前的时候，她心中除了一种深刻而又软弱无力的失望之外什么都想不起来了。

在那之后的几周里，玛丽卡只有在不得不去购物时才离开家。母亲第一次给她打电话，用现在不要这么敏感开始，并用一句假惺惺的对不起结束。其他的一切，连问都不问。

她看所有等级的美国医生系列电视剧，想吃什么就吃什么，不再洗头，把小提琴放在琴盒里。在超市里，她碰到一个熟人，那个人斜着眼睛好奇地看着她的肚子，玛丽卡告诉她我没有怀孕，我只是胖了。

玛丽卡渐渐地陷入一种明显的不修边幅状态。号哭和饕餮交替发作，有时她就窝在家中某个角落，一边咀嚼，一边想象着当邻居抱怨臭气熏天时她的尸体才会被发现的情形。她虽然感到累，却几乎不睡觉，这种情况促使她最后还是去看了医生。非处方出售的药物显示没有作用，她希望医生给她开出一个药性更强的药方。

非常遗憾，尤蒂特·嘉布利艾勒博士的诊所候诊室里连一本八卦杂志也没有。一个上了岁数的女士正在看杂志西塞罗[1]，而她对古典音乐和爵士乐杂志朗多[2]不感兴趣。

从两个扩音器里响起轻微的古典音乐——巴赫的法国组曲。整个候诊室里到处挂着一匹趾高气扬的马的照片。连接待处柜台上也贴着那匹马的照片。有时马的皮毛在夕阳中闪着黄褐色的光，有时看起来几乎是黑色的。

---

① 西塞罗（*Cicero*）。

② 朗多（*Rondo*）。

玛丽卡对嘉布利艾勒博士的厌恶在增加。她既不喜欢马，也不喜欢爱马的人。

年迈的乌冷布洛克博士退休以后，她的整个诊所就由年轻的女医生接管了。玛丽卡多次想换医生。尤蒂特·嘉布利艾勒的目光里带有那种习以为常的不屑，像她认识的那些守纪律而又爱运动的人特有的目空一切。他们把体重超标看作一种软弱而又无节制、在最好的情况下也是有病的表现。有一次，嘉布利艾勒博士直言不讳地建议她去一家新开张的健身房锻炼。

但是显而易见，明显的严格组织使候诊的时间变短了，而嘉布利艾勒博士在专业上口碑好像还不错。

一个男人走进诊所。他左手上缠着一条毛巾。血已经渗透了毛巾，正顺着毛巾往下滴。他耐心地等到医生女助手打完电话才解释说，他是个木匠，被滑落的锯划拉了一下。最后他请求允许在候诊室坐下。女医生助手见他在流血，就跑去找主任医师。

他在玛丽卡身边坐下，还不到两分钟，嘉布利艾勒博士就叫他进去。他站起来，微笑着，歉意地耸了耸肩，走进治疗室。

玛丽卡像被麻醉了似的。她的目光盯着他刚才坐过的地方。在长椅的软垫上有一个凹坑，而他的气味仍然停留在空气中。

然后，门又打开了，尤蒂特·嘉布利艾勒博士果断的声音喊道：西格伦！女助手立刻放下手里的所有东西，跑了进去。

玛丽卡真想一起跑进去。

如此接近他的身体使她十分激动。她感觉下身发痒，酥酥的感觉那么强烈，以至于她不得不用手压着肚子。她想象着自己成为他的妻子，勾画着嘉布利艾勒怎样对他们说话并指示玛丽卡应该怎样照顾他受伤的手。

然后，治疗室的门开了，他走出来，看也没有看她一眼，就在柜台上接过一个处方，告辞并离开了诊所。

*

大约一周之后，他在电影院售票处站在她前面。玛丽卡利用排队等候的时间给她的学生发送了一条信息，从现在起十四天内音乐课不上了。一个小提琴演奏家的经纪人把她推荐给一个很大的乐团。估计这是她父亲插手介绍的。

她不慌不忙地在智能手机上敲下这些词汇丰富的解释并闻到一丝微弱的气味。

是他。她不用抬头看就知道是他。

他就站在她前面，完全像她那样，他也是一个人。

玛丽卡像倒计时那样数着站在她前面的每一个人，在轮到他之前，她已经决定要跟着他看每一部电影了。

然后出现了这样一种情况，有一瞬间失望使她的思想瘫痪了。他买了价值两张票的礼品套餐券。他从裤子兜里掏出一个皱巴巴的皮钱包，付了款。

下一次邂逅他就不会是偶然的了。

*您的手怎么样了？*当他转过身的时候，她匆忙地问道。出乎意料的他站住了。*在诊所里您坐在我身旁。*

本来应该以不同的方式开始的事情就这样开始了，因为对玛丽卡来说，除了征服之外没有什么更适合的了。

*

无须努力，她吃得少了，运动增加了。同事们开始恭维她，她第一次收到学生和家长们许多正面的回馈。她自己也看见了自己的变化，她看到的东西也使她高兴。

她觉得好像有了更多的光明，更多的美，更多的友好。虽然她知道，一个外行的赞赏多么没有价值，但葛兹的热情使她感到受用。她的小提琴演奏给他留下越来越深刻的印象。每当她练习的时候，他都是一边倾听，一边看着乐谱架上的乐谱并摇着头说：你究竟是怎么在这种混乱中找到路径的。

单身的时期过去了。借助他的爱情的力量，她不费力地走向自己的最佳状态。

后来她不得不承认自己已经忘记了谨小慎微。在与父母亲第一次见面时，除了她生活中的幸福之外，最近因母亲而生的一场病使她变得有些苍白。

事实上，她已经相信这一次与妹妹相比自己处于优势。不论是维克托利亚，还是赫尔穆特，他们对乔琳德的男朋友陶尔本都没有特别当回事儿。他第一次到诺特家登门拜访时玛丽卡也来了。那次见面以预示不幸的说明开始，陶尔本出身于一个反权威的家庭。像一种用符号表示舞蹈动作的艺术那样，赫尔穆特和维克托利亚同时向对方高高扬起眉毛并伴以微笑。

陶尔本利用饭后的时间，教导大家关于什么是生态学认为的正确生活，而且，为了让赫尔穆特失去同情，本来这已经够了，他却还想更进一步测试极限。他声称，在像德意志民主共和国这样不公平的政权里，他会进行反抗。

赫尔穆特声若洪钟地大笑起来。然后他就站起来，踢踏有声地走向音乐房间，二话没说就开始练起舒伯特三重奏E大调的大提琴部分，他在故意演奏家庭音乐会上的节目。

那天晚上聚会的后半部分，他一直没有出来，而维克托利亚将她的愤怒连同红葡萄酒一起喝了下去。

想起这一幕，玛丽卡确信，她和葛兹一起来可能不会犯这样的错误。

那天下午，他在半路上打电话来。

他问维克托利亚最喜欢什么花，赫尔穆特最喜欢什么酒，稍后就抱着一束绣球花和一大瓶西班牙红葡萄酒出现了。她第一次看见他穿着白色的衬衫和休闲装，她再次问自己，这样一个漂亮的男人是怎么会成为自己男朋友的。

他们一同骑车穿过公园，一路上他们热烈地谈论着他们俩都读过的一本书。那本书的书名是积极思考的力量。当她给葛兹讲述她印象最深的地方时，她突然意识到自己的这个想法在父母亲面前最好闭口不谈。

对讲机里传来赫尔穆特的声音。

哪位？他说。

玛丽卡回答：是我们。

谁，我们？赫尔穆特问。

葛兹和我。爸爸。

原来是你们！约的是今天吗？

在她回答之前，她听见他向客厅里大声喊道：维克！玛丽卡来了。她和她的男朋友一起。然后就没有声了。

几秒钟之后，开门的嗡嗡声响了起来。

赫尔穆特站在门口。啊，请进！他声音低沉地说。

他走在前面，一边走一边头也不回地说：原来是家具修复师！我们也有几件家具有些小毛病。

我很乐意看一看。葛兹回答。

维克托利亚从厨房里冲出来，伸开两臂。欢迎！她说。在正常情况下，她做家务也总是穿得整整齐齐，但今天却围着围裙。围裙一点儿污渍都没有，折痕清晰可见。显然她刚打开包装。

临时的晚饭有西红柿沙拉和许多葱头、烤面包片和炒鸡蛋。了不起的炒鸡蛋。赫尔穆特一边吧嗒嘴吃着一边说道。

葛兹谨小慎微。玛丽卡看出父母亲并不高兴，然后，她看着华丽的鲜花和昂贵的葡萄酒，感觉到失望与同情之波在心中起伏。

*

双方父母亲的第一次，也是最后一次见面是在玛丽卡与葛兹同居不到一年时进行的。见面日期被推迟了三次，而每次推迟的原因都在维克托利亚和赫尔穆特一方。

葛兹和玛丽卡从旅馆接到他的父母亲并步行去了饭店。就在几天之前，赫尔穆特还开玩笑地威胁说，要是施瓦本人会放弃金钱和节省这两个词语，他就会大笑起来。鉴于这种可能出现的情况，玛丽卡认为还是在中间地带见面更稳妥些。

从旅馆到饭店的路上要经过尼古拉教堂和托马斯教

堂。玛丽卡讲述了菲利克斯·门德尔松·巴特霍尔蒂，他参加过暂被遗忘的巴赫的权威重演，并且是为他立纪念碑的第一赞助人。她说，只要绕个小弯就可以参观一下这座最古老的巴赫纪念碑。但是，葛兹的父亲看了看表说道：可现在我已经饿了。葛兹的母亲赞成地点点头附和他。这个话题就此打住。

还在见面寒暄的时候，葛兹的父亲就明确地提出，今天他请大家，在点了饮料和饭菜之后，他的声音里带着一种少有的骄傲说，他的妻子和他来到新的联邦州[①]已经两次了。今天就是这第二次。

重新统一之后每十年来一次。赫尔穆特回答，然后他立刻转身对着维克托利亚并且问道，维克，我们到西边[②]去过多少次了？七十次还是八十次？

维克托利亚用一个过分夸张的姿势将头发向后一甩，开始大声地计算起来。大概有一百二十次了吧。她确认

① 柏林墙被推倒之后，德国重新统一，沿用德意志联邦共和国名称，故称原民主德国的地区为新联邦州。

② 西边指德意志联邦共和国。统一之前，简称“西德”，统一之后，简称“西边”。东边，指原东德。

道。她微笑了，她那美丽的酒窝和绿眼睛周围的细微皱纹那么漂亮，让玛丽卡的心感到刺痛。葛兹的母亲很快回答道：这可够我们追赶一会儿的。

剩下来的这个晚上，他们的谈话简直就是鸡同鸭讲，各说各的。

正当维克托利亚顽强地试图通过有目的地插入主题赋予谈话一定的深度时，葛兹的父母亲讲起他们另外三个孩子的成长过程。他们还讲了最近刚出生的孙子，讲了房屋的改建和年度车的优缺点。赫尔穆特在吃冷盘的时候就已经感到无聊了。他的脚不安地摩擦着地面，多次走到门口去抽烟并缠着葛兹进入一场奇怪的关于木头蠹虫的谈话。

维克托利亚好像也被迫谈起她的女儿。当然她主要是历数乔琳德的成就。可爱的外孙女阿达，德国第一电视台的电视片中最小的角色，以及提供给她和乔琳德可选择的大量其他可能性。提到电视片，葛兹的母亲立刻仔细地听起来。她说她看过那个电视片，一转眼，她的态度悄悄地变得有些卑躬屈膝了。

赫尔穆特和维克托利亚互相投去意味深长的目光。

玛丽卡不怀疑：葛兹母亲过的是家庭妇女的生活，她对一个电视片小演员的敬畏和她对东边的无知将成为赫尔穆特和维克托利亚半夜的谈资。可惜葛兹的父亲确实经常把钱挂在嘴上。父母亲一向把嘲讽和取笑连在一起。

葛兹感觉到玛丽卡好像在发抖似的。他把手放进她的后颈，一个舒适的寒噤掠过她的后背。

玛丽卡与他在一起不会有事的。她父母亲的影响终结于他的爱情开始的地方。

* * *

她拐进母亲最爱的花店。她背着小提琴，斜挎着包，手里抱着盛开的绣球花走在夏天的傍晚里。汗珠在她的乳沟里和脊背上往下流。她恨这个致命季节粉尘横飞的炎热，她恨干燥和凋谢的树叶、晒焦的草和一切生命的疲倦。路两边的法国梧桐树树干上掉下大量的老皮。它们立在路两旁，树干闪闪发亮，失去了保护。戈壁热风将早落的树叶卷到空中。玛丽卡眯起眼睛，拐进音乐小区。

维克即使不再像早年那么美丽了，也仍然光彩照人。与她打招呼时没有人再叫她的外号了。她早已亲自把美人的要求通过抽烟抽掉了，通过喝酒给喝掉了。容颜凋谢的绝望在浴室里充分显示出来。

身体上的每个区域都有一种润肤膏，对于特别棘手的部位，比如眼睛周围，还有一种附加的液体。藻类提取物、玻尿酸、芦荟、维生素A应该为维克托利亚的薄得几乎透明的皮肤添加一层软垫并提供营养。她细心护理自己萎缩的身体，花去大量的时间，使玛丽卡感动。在那些盛着昂贵化妆品的精致坩埚和小瓶子后面居住着的是恐惧。她的母亲也是脆弱的。

赫尔穆特的衰老过程好像还不那么令人担忧。

他的洗手盆旁边台子上有一个放牙刷的杯子、一块刮脸香皂、一个涂肥皂沫的刷子和一把湿剃刀。实际上他那肥胖的脸还没有皱纹。

玛丽卡开了楼门。

自从她父母亲生病以来，她就有了一把钥匙。她按了一下电梯按钮，电梯在青年风格的铁栅栏后面驶了下来。上面的房间不再是她成长期生活的那种房间。随着楼房装修，巨大的住宅被分割成小房间了。父母亲在几条街外生活了三年，然后又以十倍的租金回到变小的住宅。

她在电梯里挺直了身子，想起心理医生在她最后一次造访时和在路上给她勾画的那幅图像。在那幅图像里，她穿着一件看不见的防护服，能挡住任何伤人的物质并放进一切善意。

她把钥匙插进房门的锁孔，开门走了进去。

＊＊＊

还有什么比这个瞬间更美吗？

她站在厨房里做饭。

晚霞透过西面的窗户照在铺好台布的桌子上。餐巾放在盘子上，大腹水瓶里装着一些五彩石。

然后，她听见他的钥匙插进锁孔，听见他的脚步声走进过道。她没转身。她在等候，他的双手开始抚摸着她的肩膀，他把她的头发撩到旁边，亲吻着她的后颈。

没有什么比这个瞬间更美的了。

他们同居已经两年了。他们一起住在店铺和作坊附近一套三居室的房子里也有一年半了。

在他们爱情生活中的不平衡对玛丽卡没有妨碍。她对葛兹一见钟情，那种感觉始终没有动摇过。

她推动了最初的那些相遇。

她决定了搬到一起的时机。

同时，他们并不分享一切。

古典音乐仅仅使他达到一个情感的层次。他读游记和选择生活方式之类的书，但却不知道文学史上任何一部伟大的小说。他的聪明是不同于玛丽卡在家中认识的另外的那种聪明。他的聪明建立在经验、感觉和学徒漫游年代经历的基础之上。

在床上，他想要的都是她不想要的。他想要她，经常而且勇猛。她每个月一次的月经也挡不住他要在大白天侦察她的身体。他的好奇心使她惊恐，他公然说出口的愿望让她感到羞耻。

她最喜欢在黄昏的柔和光线里接受他，静静地并且闭上眼睛。当他的呼吸变得急促和他的整个身体紧绷起来时，玛丽卡也会快乐地叫唤几声。

妹妹乔琳德在她之前先有了孩子，所以和葛兹有一个孩子的愿望变成了一个强烈的欲望，这使他更强大了。

在家具店里，她发现了一张婴儿床。它来自巴伐利亚的一个老派农民之家。她两手抚摸着翘起的床头，摸着画在上面的精致的龙胆草和鼠曲草。葛兹走过来从后面抱住她并问道，想什么呢？她说：我们的孩子应该得到这张床。他用大笑代替了回答并拉着她去了后面的作坊。

*

两年之后，那张小床仍然在原来的地方。在人行道上走过的每个人都能透过玻璃窗看见它。顾客多次询问价格，每一次葛兹的回答都是同一句话：这张床是非卖品。

这期间，在月经期快要开始时，她每次上厕所都提心吊胆，腹部的每一次抽搐都可能是即将到来的失望的预兆。每当她要一个孩子的希望又一次溺死在月经血中时，她都要拉上窗帘在床上躺数小时之久。

在那个闷热的夏日也是这种情况。

傍晚，像往常一样她听见过道里的脚步声。她从烤箱里取出烤茄子，脱下手套，擦着一根火柴，点燃了桌子上的蜡烛。他的胡子将立刻开始在她的后脖颈上来回搔弄，他的热乎乎的嘴唇将接触她的皮肤。然后，痛苦将得到缓解。

他在经过厨房门口时，对着门说了一声哈啰，然后向浴室走去。

玛丽卡转过身。

她看见他的鞋子被随便地扔在过道中间。浴室的门已关上。水放出来了，她静静地站着倾听。

当哗哗的水声停止时，她立刻回到厨房。他紧跟着也进来了，但他没有像平常那样温情脉脉，只是在她的脸颊上轻轻地亲了一下。

吃饭的时候，他提到又有一位女顾客对那张小床感兴趣。他说，当他像平常一样说这张床是非卖品的时候，突如其来的雷暴雨倾泻下来，当他说出那句话并摇着头的时候，甚至想起了那个年轻女人的名字：布里达·李希特布劳。

她的脉搏跳动在加快，她的嘴唇变得干燥，而她的感觉集中在他的面部表情和他的目光里。一种异常的恐惧攫住了她。

*

不久，玛丽卡在换床单时发现床与床垫之间有一包避孕套。他们已经很久没有避孕了。关于孩子的观点他们是一致的。在玛丽卡的生活中没有什么比孩子更重要的了，所以她把避孕套扔了。

就在那天晚上，葛兹要找那包东西。

他解释说，他要在生育的压力之下休息一段时间。他感觉他们性交不再是为了快乐，而仅仅是为了怀孕。

她心中的恐惧更大了。怀疑在折磨她，他的拒绝后面隐藏着某种别的东西。

当他开始注意穿戴的时候，她沉默不语。

当他增加并延长了出行时间以及回来之后不再如饥似渴地要她时，她沉默不语。

当他开始在家里把手机调为静音并且随身携带时，她也不问是什么原因。

在黑暗的世界里，噩梦一夜又一夜地撕咬着她。

她醒来时，会因为恐惧而想呕吐。

她不能失去葛兹。

＊＊＊

玛丽卡！

维克托利亚向她跑了过来并拥抱了她。母亲的呼吸中带着微微的酒气和她刚抽过烟的烟臭味。她接过鲜花并把鼻子伸进伞形花序中，过分夸张地深深吸了一口气，快步走进厨房。

客人的数目一览无余。几个常客缺席了。

那些与赫尔穆特一样用相同方式思考的客人已经越来越难相处了。每当他提出异端的问题时他们总是怒不可遏。这种情况玛丽卡经历得多了。

难道这个后期资本主义的西方自由主义社会秩序果真是最好的制度吗？他兴高采烈地把这个问题投入快乐的圈子。难道每一个傻瓜都应该有一票吗？你们对一位聪明的国王怎么看？

他根据其拒绝程度的不同而辱骂所有连往这个方向

思考一下都不愿意的人为心胸狭窄、怀有敌意或者脑残。可是，自从媒体轻信了关于民主德国的情况并谴责人们只把民主挂在嘴上以来，朋友之间的撕裂日益严重并导致了交往中断。赫尔穆特和剩下来的这些人说话就不拐弯抹角了。

玛丽卡看着维克托利亚最好的女友露特和她的丈夫卡尔-乌尔苏斯、塞尔维亚单簧管演奏家米罗万和他的夫人乌娜、俄国小提琴家华西里和他的家人。她问候波兰人布拉契斯汀·阿伽塔、音乐杂志女编辑菲欧拉·伦茨和头发花白的吕迪格，不过人们早已不再叫他油毡鲁迪了。

在演奏音乐的房间里站着几个新面孔。一个戴着无框眼镜、衣着整洁、脸上没有引人注目特征的男人向她伸出手。

认识您我很高兴。他说道并介绍说自己叫贝特拉姆·韦斯豪普特。

一个念头很快在她心中闪了一下。他的声音很像葛兹。他讲在高利泽小皇宫举行的舒伯特弦乐四重奏室内乐晚会让他多么快乐的时候，她注意地听着。玛丽卡参加了那天晚上的演出。好像她给他留下了深刻印象似的，显然他懂点儿音乐。

当维克托利亚端着一盘香槟酒招待各位客人的时候，贝特拉姆·韦斯豪普特继续滔滔不绝地说着。他偶尔用左手食指托一下眼镜并羞涩地微微一笑。他的动作说明他是个左撇子。他站在她面前，好像脚下无根似的。他肯定不会每个星期多次用性的需求来纠缠她。对她来说，也许这个瘦弱的人最合适不过。

当父亲提议大家继续坐着交谈时，她跟着他们进了厨房，坐在贝特拉姆身旁，他边走边建议她以你相称。

＊＊＊

她在楼门口等候。

居民进进出出。有人多疑地看着她，有人为她扶住门并询问她找谁。

她的眼睛盯着对面的店铺。有一次葛兹将两个男人送出门，和他们握手告别并立刻重新走了进去。然后很长时间没有发生任何事情。

她在不同的楼门口站过两次，每次半个下午，她等着。第一次碰上下雨，迫使她不得不中断自己的行动，第二次她在思考着尊严。

这一次什么都不能阻挡她了。

在店铺关门之前，他出来了。他换好了衣服，挂出停止营业的牌子，把旧自行车搬了进去，然后扛着跑车出来了。他把车靠在墙上，用玛丽卡赠给他的生日礼物——皮子做的夹具夹住右裤管，跨上车，骑走了。

玛丽卡只能费力地跟在他后面。为了跟上他，她两次冒险闯了红灯。

她骑着自行车沿着吉森路跟在他后面，然后来到卡尔·海涅路，从约瑟夫路到林登瑙市场，最后看见他进了纳旦教堂斜对面的大楼里去了。

在教堂后面，她在稠密的树丛中间找了个位置。

大约一个半小时之后，他离开了那座大楼，一个女人陪着他。

他们没有身体接触，但挨得很近，互相直视着对方的眼睛。然后他们打开锁在灯柱上的自行车，骑车向两个方向走了，双方都转过身并互相招了招手。

那个女人穿着彩色花喇叭裙和大开领的黑色上衣。她的深黄色头发结成发辫盘在头上。她的身体结实粗壮，她的动作富有弹性。当她站着蹬车时，她的臀部灵活地一上一下运动着。

她在一家卫生用品商店前面停下。她把自行车靠在一道矮墙上，从手包里拿出手机，读着一条信息并微笑着。她简单地做了回复就把电话装回手包里，走进商店。

她在面霜前面站住了。她决定买一种比较贵的有机产品。接着去找护发用品，她把一种好像认识的发油装进购物筐里。然后，她又装进一包混合坚果仁和两大块苦巧克力。

玛丽卡站在付款处，她只拿了一包口香糖并把口香糖和数好的钱放在传送带上，紧跟在那个女人后面。她能看见那个女人后脖颈上的金黄色茸毛。她的肩膀绷紧而又狭长，背部微微凹陷，看起来像一张拉得过紧的弓。

*要不要票据？*女售货员问。

*不，谢谢，我不需要。*陌生女人说。她的声音刺耳且低沉。

玛丽卡看着她怎样把购买的物品装进一个黑色的印着*文化包*字样的布包里，怎样抹了一下前额上几缕不听话的头发，迈着任性的小碎步离开了商店。

毫无疑问，她就属于葛兹平时将其看作尽管看起来疲倦却又感到被其吸引的那种女人。没有人关注，那种女人就不能生存，她以为去超市就是去登台演出。

在外面，她将布包放进自行车车筐里，骑车走了。

玛丽卡推着自己的车。她不得不取消了下午的室内乐乐团彩排。在音乐学校，她请了病假。难以预测的是在即将到来的日子里会发生什么事情。

她走上回家的楼梯，打开门，走进过道并静静地站了一会儿。

葛兹从浴室里走出来。

我想你在上课。他说着在她脸颊上吻了一下。他的脖子上搭着一条毛巾，他的头发湿漉漉的。他在回避她的目光。

一切都好吗？他问，同时在用力地擦头发。

玛丽卡走到他面前，说了一句连她自己也出乎意料的话：我怀孕了。

* * *

贝特拉姆手里端着酒杯。他的手指又细又长。

喂，您来呀！维克托利亚执拗地说，她觉得，不喝酒的人是可疑的。贝特拉姆的目光有些慌乱，匆忙扶了一下眼镜，咕哝着说道：就要一点点儿。

维克托利亚满意地给他斟了半杯葡萄酒，贝特拉姆继续谈论着他的关于联邦政府靠不住的期望，根据他的观点，那些没受过良好教育的人，那些常常连自己的语言都没学好的文盲移民，将领取我们未来的养老金。

他的实际知识很丰富，连赫尔穆特也不如他。玛丽卡看着父亲在努力地听，他下垂的嘴角在抽搐，又抬头紧盯着贝特拉姆。

与葛兹不同的是，贝特拉姆在她心中仅仅唤起冷静的兴趣并混杂着少许怀疑。她父亲的新朋友有一点是共同的：他们夸夸其谈，很少提出问题。他们的世界图像看起来是封闭的，在任何事情上，他们似乎都有明确的答案。她不知道自己的父亲是怎么适应的。他从来就不相信有坚定信念的人。

她倾听了片刻，然后又审查了一遍自己打算以后对乔琳德说的话。她一开始就想对孩子的问题说不！由此出发，她将有条不紊地叙述，为了自己的缘故，她不得不容忍父母亲的全部不公平。最后她会说：为什么你不去问一问维克托利亚？她擅长摆脱孩子。

那是一种永远不能忘记的苦痛。

玛丽卡出生之后不到三周，维克托利亚和赫尔穆特就把她连同一个装满衣物和尿不湿的箱子送到了远在埃尔茨山的外婆家。玛丽卡在外婆家度过了生命中的第一年。维克托利亚继续她的大学学业，据说她保证只要有可能就去看望婴儿。但外婆的话可以相信，大约三个月去一次，也就是说她一共就去过四次。在玛丽卡回到父母身边之后，每天早上6点就被交给托儿所，晚上6点前才被重新接回。

相反，早产儿乔琳德吃母乳吃了半年，那期间只让别人照看过一次。

所有这些还有更多东西都包含在玛丽卡的那个不字里！

对不起，我先离开一会儿。赫尔穆特站起来，拖着他那典型的步伐向浴室走去。玛丽卡看着他的身影。她希望他赶快回来。

我赞赏像你父亲和你这样的艺术家。贝特拉姆说，但我是一个经济学家。在数字和事实的世界里我感到更舒适。

我不是什么艺术家，玛丽卡回答，我只是我的乐器的手艺人。

还在和葛兹一起的时候，她就感到这种区别是重要的。他克服了这种距离并把他们的职业放到同一个层次。

很有意思。贝特拉姆说道，并开始做报告，题目是关于教育者的人的艺术，他的演说节外生枝，直到玛丽卡再也跟不上他的思路为止。她点点头，微笑着，想起葛兹。他的漂亮面孔浮现在眼前。和他在一起不需要任何努力。她能简单地爱上他。

＊＊＊

当那个具有魔力的词语的声音逐渐消失时，玛丽卡仍然能够听得见。那是从她心中发出来的声音，不需要特意做什么。

怀孕了？他问。

是的。她说。

可是我们确实避孕了呀。

是的。她说，尽管如此，有时候同样会怀孕的。

他默默地点点头，把她揽过来，紧紧地抱住。

*

有一段时间他准时回家了。他是个亲切而又细心的人，尽管安静而又爱动脑筋。

她经常哭泣的原因被她很好地藏在怀孕背后。甚至连她的亲近也没有问题，这必须归因于荷尔蒙。

看起来孩子就是一种拯救。

只是还没有孩子，而在把谎言变成真实的希望中玛丽卡几乎天天和他睡。

在她的例假开始的那一天，葛兹一早就离开了家。等着他的是运输和组装一个大衣柜。吃早餐时，他热情洋溢地谈论旧家具的榫卯系统。他说，19世纪的家具连一个螺丝钉都不用。她心不在焉地听着，听他兴高采烈地说着什么榫槽和楔子，与此同时，她觉得自己的小肚子又开始了那种典型的拉扯。

家门被撞上以后，她又回到床上躺下，闭上了眼睛。她感觉到血液从她的身体里涌出来，热乎乎地顺着她的屁股流下去，渗入床单。

后来她乘有轨电车去诊所看妇科医生。在那儿，她在楼前的人行道上站住，给他打电话，请他来接她。

回到家以后，他换了床单，给她端来茶，坐在她身边。下次会好的，他说，流产不是什么非同寻常的事情。

*

此后，他迟迟回家的晚上又增多了。他出行的归期也一再拖延了。有几次玛丽卡正要质问他，但她很快意识到拯救爱情的能力在于视而不见。赫尔穆特就是这么做的。他把目光转到一边并保持沉默。

在他出轨期间，玛丽卡的体重增加了，每次照镜子她都感觉到对别的女人的仇恨在膨胀。疾病去复来，其中无间隙。痛苦成了常态。

一天夜里，玛丽卡被一阵噪声惊醒。葛兹喝得烂醉如泥，倒在过道里。他抓住鞋柜并呻吟着。

后半夜，他就是在厕所前面的地上度过的。他不时地硬撑着站起来，趴在洗脸盆上，一次次地呕吐，直到再也没有东西可吐为止。她清洗了马桶盖并用一块湿抹布擦他脸上的污秽。

第二天，他睡过了头。晚上，她觉得自己好像是从一个梦中醒来。她穿着睡衣，背对着敞开的窗户站在卧室里。所有的东西摸起来都那么近而且真实。长时间围绕着她的雾霭消失了。

葛兹看着她。他向她伸出一只胳膊。他的眼里充满了感激。

*

接下来的一周他们觉得很幸福。

因为是在暑假期间，所以他的店只开几个小时。作坊里的工作他也停了。早上他们睡到自然醒，一块儿吃早餐，下午他们骑车去库尔克维茨湖游泳，一直游到对岸。在一个有苹果树的草地斜坡上，他们裸体躺在夕阳里，终于又谈起有关未来的事情。

不愉快的事情过去了。

她很有把握。

*

在他们共同度过的最后一个晚上，葛兹把很大一块肉放在桌子上。

你能把这个做了吗？他问，是野味，刚射杀的。

你从哪儿弄来的？玛丽卡问，同时打开一层又一层包肉的纸。

一个顾客送的。他回答着走进浴室。

是狍子肉还是鹿肉？她在他身后大声问。

我认为是鹿。他大声回应。

你不知道吗？

不知道。

她愣住了。她认识的葛兹不会不问顾客。他会倾听打猎的整个故事并请求讲出细节。

她两手拿起那块肉，感觉到里面还冻着。刚射杀的，像他所说的那样，这是不可能的。

她的脉动在加快。

她知道的唯一做野味的烹调方法是用红酒沙司和越

橘煎肉。她让葛兹去买这些作料。他套上一件深绿色的大衣，把钱包装进裤子后面的兜里，走进楼梯间。在那儿他停住了，接着就回来拿他放在更衣室小桌上的手机。

在肉和电话之间，理智并未产生什么有意义的联系。但她的直觉发出了警报，她的胃部又像开始时那样痉挛了。

她用双手捂住那块肉。冰冻的内部融化了。一道红色的细流从桌子边缘滴到她的裙子上。每一个念头都挤向同一个方向。最后，所有的念头都集中在一幅图像上。

再一次对它视而不见，她可做不到了。

然后，她看了看墙上的钟表。他早就该回来了。商店离这儿不到五百米。她站起来，在裙子上擦了擦手，从刀架上抽出一把刀，将刀尖戳进肉里。一刀又一刀。

他回来的时候，天已经黑了。

玛丽卡静静地坐在椅子上。

抱歉。他说，但我不能这样继续下去了。

* * *

贝特拉姆迫切地劝说父亲。他的脸，玛丽卡开始觉得毫无表情，现在竟显得冷酷而又坚定。

赫尔穆特从厕所回来以后，贝特拉姆明显地表现出对她没有兴趣了。

她向维克托利亚那边看去，此刻她正靠着门框站在露特身旁。玛丽卡捕捉到几个词语，都是古典音乐歌唱家和音乐人的名字。估计她们在谈论最近那次亨德尔音乐节，音乐节上的每次音乐会维克托利亚几乎一场不落。

我们去问问我的女儿吧。赫尔穆特突然说，并用手敲了敲桌子。对于女人和男人来说，有没有一种自然的规定呢？在一种社会的新秩序中，这个问题必须搞清楚。

玛丽卡微笑了。贝特拉姆也不能回避赫尔穆特最喜欢谈论的话题。

怎样的社会新秩序呢？她问，为了赢得时间。

就是摆在我们面前的这种新秩序啊。贝特拉姆赶来帮助赫尔穆特。这个道德家的专政将不会永远存在下去。世界将重新变得更加保守，男人和女人必须重新更清楚地界定各自的角色。

一切都会像这种秩序希望的那样到来吗——

但事情并非如此。

玛丽卡转身对赫尔穆特有点儿过于尖锐地说：胡说八道！这应该是怎样的自然的规定呢？

如果你的那个施瓦本手艺人还在的话，你就不这样说了。赫尔穆特反唇相讥。

那又怎样？她问。你们要把我这样的没有孩子的女人怎么样呢？送进修道院，还是强迫结婚？

她父亲大笑起来。为什么不呢？他回答，同时从他的杯子里喝了一大口酒。贝特拉姆用力地摇摇头。不。他说，不是这个意思，这里涉及我们应该承认的区别，以及我们的自决权的界限。人能够任意塑造自己和这个世界的想法也与玛丽卡格格不入，可是，正当她寻找正确的词汇时，一个手机响了。贝特拉姆把手伸进上衣里面的口袋。他把电话关闭并放在桌子上。手机背景图像是一只皮毛闪光的短毛猎犬。

这时候，乔琳德走进厨房。

玛丽卡感觉到自己体内的紧张消失了。

赫尔穆特站起来。他伸开双臂等候着乔琳德偎依过来。我的小猫咪。他用温柔的声音说，同时越过她向过道里看去。可他既没看见陶尔本，也没看见孩子。乔琳德是一个人来的。

有一瞬间，玛丽卡闭上了眼睛并遵循关于治疗的建议。不要和乔琳德攀比，而是与以前的自己比。她看见了自己的进步和已经达到的目标，她把自己变成了一个受欢迎的小提琴教师。

然后，她才站起来，挺直身子向妹妹走去。

*

乔琳德坐在阳台上。一个人。本来玛丽卡能跟她过去，但她与贝特拉姆的谈话变得有意思了。现在，当客人在厨房里围着桌子或挤在沙发上时，她出去了。在浴室里，她锁上门，坐在浴缸边缘。她从饥饿的人们身边挤过去时，贝特拉姆明确地对她笑了笑。她眨眼示意他们的观点一致。不是所有新的东西都是好的。不是每一个陌生人都是温和的。不是每一种限制都是束缚人的。他轻轻地点点头，然后，她就站起来走了出去。

然而，他根本不能与葛兹相比。

那是11月一个寒冷而又晴朗的日子，当玛丽卡从精神病诊所出来时，她曾清楚地看见未来就在眼前。

维克和赫尔穆特在一架被覆盖着的钢琴和一盆热带绿色植物旁边等着她。病人们都软绵绵的，歪斜着坐在一张张黄色的人造革单人沙发上，各自凝视着智能手机屏幕。玛丽卡从台阶上慢慢走下来，想着她的生命从现在起将变成一种没有希望的寻找。她不能再那样爱一次了。可是不那样爱她也不想要。

搬家以后，工作、治疗和调整业余时间的相同节奏帮助了她。在接下来的两个夏天，她甚至会时不时地去湖边，去那个有苹果树的草坡。她游到湖对岸又游回来。葛兹一次都没来看过她。

当回忆不再沉重地笼罩在她目前的每一种幸福上面时，她看见她常去的书店前面竖起一个新书广告。图片上的女人叫布里达·李希特布劳。她的书书名是生活模式。

新书首发式那天晚上，玛丽卡确信会碰到他。他会坐在第一排，为他的那个坐在桌子前面即将朗读的女人感到骄傲。她在寻找位子。前面靠右是她认识的嘉布利艾勒博士。一头红色鬈发的书店女老板坐在她旁边。葛兹没来。

她的目光又巡视了一遍。他不在。

她几乎没有听到书的内容是什么。她的思想处于混乱状态。他的缺席意味着一切皆有可能。这个一切也包括一个重新尝试的机会。但是，布里达朗读结束时的话打碎了她的希望。她感谢她的丈夫葛兹，遗憾的是他今天不能来，因为他们的小女儿病了。

第二天上午，玛丽卡骑车去了店铺，透过橱窗玻璃向里面张望。那张小床不见了。她又骑车来到书店，买了一本生活模式。

从那以后，她读遍了布里达·李希特布劳的每一本书。每一个男性人物都带有葛兹的特征。她不会再靠近他了。

根据书店女老板的说法，玛丽卡是布里达的铁粉。

她站到镜子前面，把头发梳成一个又高又蓬松的发髻，抹上口红。必须做一个了结。她知道这一点。

透过浴室的毛玻璃，她看见有人站在门口。她审视了最后一眼，就走出来，站在过道里。

我们去卧室。她对乔琳德说，那儿没有人打扰。

她们站在乔琳德的珍藏纪念品的柜子前面。那里面塞满小毛线衣、一岁时穿的婴儿连脚裤、她的第一双鞋、她最喜欢的布娃娃莉莉、各种不同的玩具、毛绒动物、一包弹子、一鞋盒练习本、图画和小学高年级的作文，等等。

对玛丽卡童年可见之物的回忆被维克托利亚彻底清除了。她既没有婴儿时期的衣物，也没有玩具，只有几张图画、小学时期的几封信和两张参加无足轻重的小提琴比赛的证书。

这件事你已经反复想过了吗？乔琳德恐惧地看着她。

她的妹妹个子很小。在电影里和舞台上，她的表现和身体特征没有任何关系。更多的是由内向外产生影响的自信。

是的。她思考过了。

玛丽卡把具体情况演绎了一整夜。她问过自己，如果乔琳德将来把孩子要回去，她怎么办。她也想过了，如果孩子将来知道了，他的母亲原来是他的姨妈，他将会做什么。她也设想过父母亲、同事和朋友的反应。每一幅图像、每一个回答都是反对乔琳德计划的一个令人信服的论据。

尽管如此，她仍然感到把这个孩子当作亲生的孩子抚养成人是一个痛苦的愿望。

乔琳德坐在父母亲的床边，两手捂着脸哭泣。她的抽泣是发自内心深处的；她的身体在颤抖。

玛丽卡默默地低头看着她。她不会轻信舞台上的眼泪。她经常一同经历妹妹的登台表演。乔琳德擦拭着哭得红肿的眼睛，并用衣袖擦了擦鼻涕。

你至少应该在我身旁坐下。她说。

她们紧挨着静静地坐了几分钟。

我的婚姻到头了。乔琳德轻轻地说，你还一直在生我的气。她望着玛丽卡。你应该生父母亲的气，而不是生我的气。我只是一个孩子。你的小妹妹。

然后，她把头放在玛丽卡的怀里，去拿她的手。

玛丽卡的脸上泪如雨下。她向门口望去。她没有很多时间。维克托利亚正在寻找她们。

这是一个开始，但她还不知道从哪儿开始。给我几天时间。她说，我去柏林。然后我们再细说。

乔琳德

乔琳德把手指放在门铃上。

她把嘴角向上翘起，把眼睛睁大。她知道怎样产生喜形于色的效果。现在她只要坚持到四楼。

蜂鸣器响了，她顺着楼梯跑上去，一步两个台阶。上面的门虚掩着。当母亲在过道里迎接她时，乔琳德张开双臂，匆忙奔上前，用她那最深沉、最有把握的声音大声说道：祝您生日快乐，万事如意，维克！

从陶尔本站在她对面、大声吼叫说她完全疯了到现在还不到三小时。有病、疯了和神经错乱。这样的念头只能是那种从精神错乱家庭出来的人才会有。他发泄完之后，有气无力地说，她可以去她的精神不正常的母亲和纳粹父亲那儿去，孩子和他留在柏林。

乔琳德走了。

如果说她是完全失魂落魄地坐上有轨电车去了火车总站，那么她就是被遥控控制穿过车站、乘滚动电梯下到位于深层的第一/第二站台的。在从柏林到莱比锡的整个行程中，她没有背诵将要拍摄的电视剧剧本台词，而是一直目不转睛地盯着车窗。不管怎么说，她在作案现场中扮演一个女配角。

当熟悉的风景从面前掠过时，她决定谎称孩子生病了，以此作为借口，解释家人为什么不一起来。然后她脑子里想的是必须和玛丽卡谈一谈。

我的小甜甜们呢？

维克托利亚后退了一步。她半是怀疑、半是责备地看着女儿。乔琳德毫不迟疑地讲了学校里的一种流行的病毒。她用令人恶心的细节装饰了这个故事，如愿以偿地窒息了维克的兴趣。

在厨房里，玛丽卡和父亲以及另外一个男人坐在桌边。乔琳德不认识那个人，但看一眼就够了。没意思。赫尔穆特站起来。当乔琳德偎依在父亲怀里时，他说，我的小猫咪。她再次用关于病毒的故事代替了不那么美的真实情况，即她的婚姻到头了，她第三次怀孕了。

紧接着，当她姐姐用柔软的手臂搂住她的时候，乔琳德只想哭。

自从她有了主意以后，她就开始和玛丽卡争宠。

她经常地站在姐姐紧闭的房间外面。她敲门，请求开门，当玛丽卡咬牙切齿地再次大喊：滚开，我要练琴！时，她就会愤怒地踢门。然后跑到母亲那儿，让母亲安慰她，并且说玛丽卡的坏话。

姐姐的目光告诉她，她没有改变自己的观点。尽管如此，最后一次尝试还是值得的。

坐在桌边的三个人在继续他们的谈话。乔琳德拿着一瓶汽水走到窗前，摆出一副好像外面有什么东西值得一看的样子。

只有把共同体看得高于个体的社会才能保持反抗能力。坐在玛丽卡身旁的苍白男人说。

在德意志民主共和国能看见什么好东西。玛丽卡嘲讽地扔去一句。

德意志民主共和国的失败有别的原因。他回答，和平的革命——

这不是和平的革命。赫尔穆特打断了他的话，这是资本主义复辟。一旦人民把自己的灵魂出卖给消费，那就没有人能够幸免。

一如既往，总是这种十分大的题目。赫尔穆特谈不出别的。她向附近的公园看去。早先她在那儿喂过小松鼠。有的松鼠会跑到她跟前，从她手里吃东西，它们就那样不怕人。有一次玛丽卡在这样一个特殊的瞬间鼓起掌来，那只松鼠就跑掉了。乔琳德哭得好吓人，致使玛丽卡整整一个星期不能去游泳，虽然那是她最喜欢的运动。

现在桌边人谈的是漫游。幸好陶尔本不在这儿。他说的东西会令她感到羞耻，赫尔穆特会淡然一笑置之。陶尔本没有丝毫的政治理性，而赫尔穆特的善意会把一切都弄得更糟糕。

她和她的家人之间世界观的差异变小了。她不再是反法西斯的积极分子了。所以陶尔本称她是机会主义、没有特点而且胆怯。

维克风风火火地走来走去，她也不问人家要不要就继续给人斟酒。当大多数客人都像她那样醉醺醺的时候她才满意。虽然化了妆，她的鼻子仍然泛着红光。她母亲多年来一直酗酒。现在她仍然忍受着可见的后果并继续喝，为的是忘记那种后果。

*你怎么一个人站在这儿？*她说着并和赫尔穆特一起骂起来。但乔琳德并不想加入他们一伙的谈话。她对政治不感兴趣。

一开始，她对赫尔穆特的新观点感到奇怪，而维克原则上附和他的观点。朋友和同事们的宽容，终结于政治光谱的中心。他们赞成左翼自由主义和世界主义，由此产生出对民族主义的蔑视，所以划清界限就不可避免了。咒语般地重复道德高高在上的立场，扼杀了尽管如此也正在萌芽的怀疑。

起初，她对父母亲的新保守主义没有认真对待。那不过是一种代沟罢了。不多不少。但现在更仔细地看去，她便觉得赫尔穆特和维克的思想意识变化没有多少矛盾的地方。他们从未分享90年代赞成无条件拴在西边的进步乐观主义。也许乔琳德当时更接近而不是接受了父母亲的观点。今天她就再也不能给自己定位了。正当陶尔本在外面以左为家的时候，她却在徒劳地寻找一个故乡。

乔琳德不会和陶尔本复婚了。她是在自由柏林戏剧节期间碰见他的。立刻迸出火花。内心的躁动催促他也捕获了她。害怕错过某些重要的东西，导致他们总是最先陷入心醉神迷，并且总是最后离开一个节日。然而，生命的欲望永远得不到满足。

他们酗酒、性交、成包成包地抽烟、排练时迟到，与家庭的接触限于偶尔与维克通电话。然后，乔琳德就以不许别人插话的速度闲聊，谈论伟大的戏剧生活、即将到来的突破以及她男朋友非同寻常的天赋。这是维克想听的，也是她以后能够到处炫耀的。问题孩子的角色早就由玛丽卡取代了。

赫尔穆特第一次见到陶尔本就用微笑表示讥讽，但乔琳德紧紧地抓住他不放。最重要的原因是她肚子里的那个小虫子在陶尔本来她父母亲家登门拜访那天还不到一毫米，而且还没有人知道。

阿达是紧急刹车器。从那天起乔琳德慢慢地停止抽烟了。她也不再喝酒，而且平息了之前掀起的风波。陶尔本把准备分娩培训贬低为骇客教程[1]，当她在那儿遇到菲拉

---

① 原文：Hechelkurs。

时，那些无拘无束的日子对未来变得至关重要了。菲拉的猎头公司[1]成了乔琳德进入电影界的跳板。

陶尔本继续像行家里手那样做事。首先是可看见、可听见、可感觉到的阿达使他在那一段时间与她寸步不离，他们在那个阶段的信赖中结了婚。

后来，当岁月和孩子需要将愿望适应现实的时候，他拒绝了。他几乎不愿意妥协，尤其是在职业上。他把伪装的不通人情当作诚实，这使他付出沉重的代价，失去了很多朋友和职业机会。

在父母亲面前，乔琳德一直为丈夫陶尔本辩护。没有人乐意容忍这样一种错误。他就是一个吹牛大王！赫尔穆特在第一次和他见面之后就这样说过，他的评价一而再，再而三地被证实。

她丈夫是一个几乎一米九、尽管有各种错误仍然希望被无条件爱着的大男孩。可她不是他的母亲。

关于自己婚姻的真实状况，迄今为止，她一直对姐姐守口如瓶。

① 原文：Casting-Agentur。

她用眼角的余光观察着玛丽卡和那个目光冷峻的男人。嘴唇精致的弧形与他面孔的上半部分形成鲜明对照。她觉得看他的时间越长越觉得他值得一看。如果她愿意，她能把他的注意力吸引过来，但她现在还没有兴趣。

她必须和玛丽卡谈谈。时间紧迫，最后的那次电话说得不欢而散。为什么陶尔本不关心他的后代？玛丽卡问。

因为孩子不是他的。

玛丽卡的声音变得生硬了。怎么会发生这样的事儿？不是有避孕方法吗？

乔琳德厚颜无耻地问她是否还从未体验过，快乐会征服一个人。玛丽卡二话没说，挂断了电话。

抽烟的人从阳台上回到屋里，走在前面的是油毡鲁迪。

乔琳德永远不会忘记玛丽卡给她讲过的关于维克与吕迪格的事情。当时她以为那完全是她姐姐玛丽卡编造的谎言，今天她觉得不再有把握了。

乔琳德走到阳台上。这儿的植物都长疯了。天竺葵和其他绿色植物都在蔑视着她的母亲。爱情花的花球旁边是紫色的香草花和向日葵。她坐在一个藤椅里，透过栏杆上的缝隙看着下面的人行道，楼下住的是一个女人和四个孩子。

在她这方面，三周之后就太晚了。那时候合法的流产期就过了。孩子的父亲一无所知。他的妻子和他的小女儿将继续在他身边看着八卦新闻图片喜形于色。他是个情场老手。他的名字让聪明的女人放弃自己的尊严。他的表演天才让人原谅了一切。他的人际关系为零。然而这是怎样一种有形的呈现。因此她迷上了他，后来就在他的旅馆房间里献出了自己。当他问她是否采取了避孕措施时，她说了声是！——她只是不想中断好事而已。

堕胎是一种更轻松的办法。可是，哪个女人不希望和这个男人生一个孩子呢？

假如她在电影里第一次演主角不是偏偏在生孩子之后几个星期开始，一切都远不至于如此严重。带着这个小东西去拍电影是不可能的。那样会影响工作质量。她必须是自由的。虽然没有什么裸体场面，那她的身体也必须属于她一个人。

陶尔本说得很清楚，他只管阿达和乔恩。当时他还一点儿也不知道这个孩子的父亲是另一个男人。

她转过身，透过关着的阳台门，看见客人们已经聚集到厨房里。她最好不要再进去了。

她立刻重新打消了把婴儿托付给维克的想法。她太清楚地记得阿达出生之后的情景了。

当时维克带着一大堆礼物去看她，她热情洋溢地冲向婴儿。同时抱怨她自己曾经多么困难，没有今天技术上的辅助工具，没有帮手，而丈夫整天随着乐团到处演出，把看顾婴儿的襁褓看作有失尊严。此外，还有经常生病的玛丽卡和她的不那么可爱的性格；相反，乔琳德从一开始就很健康快乐，头一年总是笑嘻嘻的。

她一边说一边抱着小阿达走来走去，使劲地摇晃着，她感到惊奇，说这个孩子怎么不停地叫喊。

你应该得到更好的照顾。她在阿达的头上对乔琳德大声说，*我将帮助你，我将帮助你看这个孩子，这样你就有时间干自己的事情了*。

乔琳德不想把时间只留给自己。她想和阿达在一起。当时陶尔本和她之间一切都还正常，唯一碍手碍脚的就是她的母亲。

后来，当阿达真的变得累人并长成一个被陶尔本惯得固执而又执拗的孩子时，维克再也不提她的建议了。

准确地说，乔琳德请求母亲帮助有两次。第一次是她怀乔恩的时候，维克到柏林来了一天。她们一起吃冰激凌。因为冰激凌球要融化流下来了，乔琳德用手指稍微往饼干托里面压了一点儿。冰激凌应该再高一点儿！三岁的阿达吼叫起来，不管乔琳德如何解释，说这样冰激凌并没有减少，她还是完全无动于衷。冰激凌应该再高一点儿！当冰激凌早已融化并被扔进垃圾桶时，她再次叫喊起来。你能不能把她带到莱比锡过几天？乔琳德问。维克向已经把自己的歇斯底里毫无保留释放了出来的阿达投去怀疑的目光。然后她坚定地说：不！赫尔穆特的神经受不了这种情况。此外他有耳鸣的毛病。嘉布利艾勒博士夫人说他需要安静。

第二次，阿达已经上学了。早晨，她带着滑板出去，在路上摔倒了，左臂骨折。恰好那天赫尔穆特和维克到柏林来听爱乐乐团的音乐会。乔琳德下午两点前给维克的手机打电话，问她，是否能和赫尔穆特一起过来待一两个小时？陶尔本不在家，阿达手臂打着石膏直叫疼，而冰箱里什么都没有。

维克对赫尔穆特怎么说的，乔琳德听得清清楚楚：小臂骨折，四个星期石膏。而且，这种脾气。

她对乔琳德说：本来很乐意，但今天我们的时间有点紧。

第一个知道她怀孕的是吉拉。乔琳德在电影工作室的厕所里做了测试，后来在化妆时突然哭了起来。吉拉不得不从头开始她的工作。正当她给她哭肿的眼睛化妆并仔细听她讲时，乔琳德的嘴唇再次开始哆嗦起来，她只得说：停！

她用审视的目光看着乔琳德，然后点了一支烟。你为什么不去问问你姐姐？她可是一直想要孩子的。

吉拉的脑子总是那么天马行空。接受她的建议意味着对常规标准的蔑视。乔琳德越想越觉得这个建议似乎并不十分荒唐。

她会失去什么呢？她与玛丽卡的关系是复杂的，但也不是没有希望地就这样毁了。在父母亲的生日和盛大的节日见面时通常是和平的。在最好的情况下，她也把孩子看作梦想的实现。

计划的薄弱环节是乔琳德把她的孩子接回来的时刻。所以，这个把孩子完全交给玛丽卡的想法产生于临时监护的主意。

阳台门被猛地拉开了。过来吧，过来吧，糊糊已煮好啦！维克大声喊道并为她自己的风趣大笑起来。

在豪夫的童话小矮人穆克中，阿哈齐夫人就是这样叫她的猫到猫食盆前来的，而玛丽卡和乔琳德就是经常被母亲用这样的方式叫去吃饭的。在大多数情况下，乔琳德都是一蹦一跳地跑过去，有时候还会抓住玛丽卡的手，要她和她一起去。这时候玛丽卡就会说：放开我。

厨房里客人拥挤地站在桌子和沙发周围吃沙拉。可是没看见玛丽卡。她不在音乐房间，也不在客厅里。乔琳德站在过道里，看着浴室的门，这时候，客人们正端着装得满满的盘子分散到客厅里。

门开了。玛丽卡把她黑色的长发梳成一个又高又松的发髻。她涂上了平时为登台演出才涂的鲜红唇膏。我们去卧室。她说，那儿没有人打扰。

* * *

门打开了吗，阿达？

乔琳德在厨房洗碗池里洗了手，在擦碗布上把手擦干，跟着女儿走进过道。

有什么可吃的，母亲？阿达用手按着门把手，同时问道。

不要叫我“母亲”，如果你想惹我生气——

我不想，母亲。

乔琳德吸了口气。心想着自己以后将在必要的时候得到阿达的帮助，遂亲切地说：虽然没有你最喜欢吃的菜，但是，有你最喜欢吃的饭后甜食。她看着女儿固执的面孔。想着爱她并不总是那么容易，也很难做到公平。最大的挑战在于母亲不可滥用自己的权力。

在楼梯间，电梯门自动打开了。玛丽卡取下了双肩包，放在门口。从她的脸上看不出答案。维克的生日已经过去三天了。这期间她们没有说过话。玛丽卡不想谈。

阿达向玛丽卡伸出手。你好，亲爱的姨妈。她用柔顺的声音说道。

乔琳德翻着白眼想，自己到底为什么如此徒劳地经常希望与姐姐结成联盟。

你好，亲爱的外甥女。玛丽卡回答。看见你已经康复，我很高兴。坐了几个小时的火车，我简直要累死了。你能不能帮我把背包送到我的屋里去？

阿达提起背包，高高兴兴地把背包送进客人的房间。

玛丽卡跟着她。乔琳德每次看到姐姐和她的孩子们打交道都觉得感情受到伤害。她能和孩子相处得那么好，不仅与阿达和乔恩，而且与所有的孩子都能相处得一样好。她的自然而又不会激动的权威使教育的效果轻松愉快地显现出来。她从赫尔穆特那儿知道，报名上玛丽卡的小提琴课的人很多，远远超出她的想象。她的学生在班级表演中引人注目，有两个学生在青少年音乐比赛中名列前茅。这个成绩玛丽卡早在童年时期就已经得到了，在赞扬声中，除了含蓄的意见之外，听不到任何别的批评之声。她始终很谦虚。在生活中，她的姐姐只有一段时间改变了自己的观点，那就是她和葛兹在一起的时候。

乔琳德为大家铺好桌布。陶尔本不在家。前一天她告诉他，现在她肚子里的孩子不是他的，并且说她想离婚。

他并未表现出惊异。那你必须承担我的生活费。他以无所谓的语调回答。

到这个时刻为止，她的婚姻也许还有一个微小的机会能够挽救。

他暂时住到朋友家，孩子们还一无所知。她害怕自己说出真情的瞬间。现在玛丽卡在这儿，至少她就不必一个人忍受孩子们的痛苦了。

吃饭时，乔恩提出追根究底的问题。

你的丈夫在哪儿，玛丽卡？你为什么没有孩子？你不喜欢孩子吗？

言谈举止得体不是天生的，她必须把这种东西教给孩子，当玛丽卡耐心回答的时候，乔琳德在想。

我没有丈夫。她说，我本来想要孩子，但我不能生，我当然喜欢孩子。尤其喜欢你们。

本来我母亲一个孩子都不想要。阿达插话道，我听说，正如她对吉拉讲的那样：为什么我老是有孩子！我简直要疯了。

乔琳德感觉到姐姐的目光。

我不是这个意思，阿达，我的身心太紧张了。

你的身心总是太紧张。

该死的，阿达！

不是吗，母亲？

乔琳德把餐具当啷一扔，走了出去。

她回来的时候，玛丽卡正在解释，母亲都是有感情的人。她讲话那么理性而又聪明，使乔琳德有些不适应。

玛丽卡不了解这种负担。除了她和她的猫之外，她没有什么必须关心的。她不能想象和孩子们在一起的日常生活。她不知道，在最不利的情况下，如果孩子们不考虑父母亲的需要并且在最紧张的瞬间要求最多关注，那么他们就会生病，一向如此。

突然，乔琳德怀疑起自己把姐姐接来是否正确了。这整个计划是否一个巨大的错误？她是否不把这个孩子堕掉更好？

阿达牵着乔恩的手，拉他来到电视机前面的沙发上。她没有兴趣在玩他的恐龙时照看他，可他非要她和他一起看日本的动画片。

一个小时以后我们就回来了。乔琳德说。她没有得到回答。

玛丽卡挺直身子走在她身旁。穿着高跟鞋的她几乎高出一头。她们从锡安教堂大街走到安克拉默大街，一直走到阿克尔大街，从那儿走到柏林墙纪念馆。玛丽卡在说话，她说的一切听起来都那么理性。

不是所有可行的都是正确的。孩子属于母亲。乔琳德必须承担责任，即使这样做会中断飞黄腾达的生涯。

这我可做不到。她愤怒地插入一句，并引述另外一种社会形式，在更大的集体里，孩子没有与父母亲的亲密联系也可以长大成人。

对这句话，玛丽卡的目光说出了一切。

在和解教堂[①]里，她们坐在一张条凳上。

如果按照赫尔穆特的观点，我们将会重新把墙建起来。乔琳德苦笑着说。

胡说八道。玛丽卡反驳说，他只是没有兴趣生活在一个消费者群体里。

你究竟为什么总是为父母亲辩护，我要是处于你的地位——

但是你不处于我的地位。

一个美国游客小旅游团走了过去。

消费者群体。乔琳德策划阴谋似的小声说。玛丽卡大笑起来。这是她们之间的第一个无拘无束的瞬间。乔琳德把她的头靠在玛丽卡的肩膀上，看着晚上的天空。

---

① 位于柏林市中心区柏林墙边的一座古老的教堂。1985 年被东德政府炸掉，1989 年柏林墙被推倒、德国重新统一之后，新政府决定重建并将之当作柏林墙纪念馆，2000 年建成。但已不是当年模样。她们姐妹俩的关系一直剑拔弩张，到这里来意味着她们希望关系得到和解。

现在我该怎么办呢？她说。

她们回到家时，乔恩从自己房间里跑出来，在过道里迎接她们。爸爸什么时候来？他大声问。乔琳德看着他充满期待的面孔。他的天真烂漫让她受不了。阿达也从客厅里跑出来。爸爸到底在哪儿？她问。

乔琳德先看了看玛丽卡，然后回头看着孩子。她本来希望是另一个样子——坐在一张桌子旁边理性而又安静地解释。当她说出了那个可怕的句子时，阿达的两条腿瘫软下去。在最后一瞬间玛丽卡抓住了她。阿达没有反抗。在不到一秒钟的时间里痛苦已经扭曲了她的面孔。

乔恩安静地跪在旁边。到底为什么？他问。

他们四个人坐在过道里。她哭着向孩子们解释，她将要离婚，而比有一个姐姐更好的感觉她还从来不曾有过。

当孩子们都入睡时，已经是深夜了。乔琳德的眼睛因疲倦而感到灼痛。

玛丽卡把空酒瓶放到垃圾桶旁边，往热水器里灌满水，将两包菊花茶袋挂在茶壶边沿儿。她的嘴唇在嚅动。

乔琳德看着姐姐的熟练动作，听着微弱的噪声和话语，觉得玛丽卡的声音仿佛来自远方。她听得见她的每一句话，却不懂是什么意思。现在，在她制造既成事实的地方，出现的是恐惧。她不再爱陶尔本，但是，孩子们的痛苦让她不能呼吸。玛丽卡把一个茶杯放在桌子上。陶器遇见木头[1]。乔琳德抬头望着。

你听见我说的话了吗？玛丽卡问。

她点点头，然后又摇摇头。

有一条我能想象的路，但是，你必须和孩子们一起去莱比锡。

去莱比锡？

是的。

什么时候？

尽可能快。在这个孩子出生之前。

好吧，她连想都没想就说道，那我们就这么办。

她顺从地让玛丽卡扶上床并盖上被子。她真的睡着了。

---

① 指两个人硬碰硬，针锋相对，互不相让。

* * *

玛丽卡在广告上搜寻了几个月并请熟人帮忙寻找。有两个儿童房间和一个大厨房的五间套住宅在莱比锡也是很难找到的。乔琳德拖着腿登上最后一级台阶。她的肚子好像比前两次怀孕都更大，而且现在还有两个月才到预产期。

男人们都在工作？房屋经纪人问道并且请她进来。

男人们？玛丽卡重复道。

乔琳德微笑了，她看了看自己，从一个房间走到另一个房间。到处都非常明亮、宽敞，环境良好。堪称完美。房子东西向，镶木地板，有一个很大的后院，正前方可以看到绿色。

我们找不到比这更好的房子了。玛丽卡对站在身后的乔琳德小声说。

我也这么认为。乔琳德回答。

她希望，怀疑终于可以闭嘴了。姐姐的强势、阿达拒绝转学、离婚以来乔恩的健康受到的打击——问题加起来真可谓雪上加霜。而且每个加数本身都已经太大。

在分配房间时，她们倒是没费力气就取得了一致。这是一个好兆头。她们一起站在阳台上向后院看，异口同声地说：真美！乔琳德最后一次想了想别的路子。没有玛丽卡，一个人带着孩子会是怎样。但像往常一样，她的思绪立刻陷入混乱之中。

我姐姐和我要这套房子了。她对房屋经纪人说。

您的姐姐和您？

是的。还有我们的三个孩子。

噢。

他翻看了一下资料。还有一两个问题需要说明。他咕哝着说，同时从文件夹里抽出一张表格，信用情况记录，收入证明——请不要误会——可能的话，还有您二位父母亲的公民身份。

乔琳德看见玛丽卡的眼睛慢慢变暗了。

两个女人和三个孩子。经纪人耸了耸肩填写上去，因为房主要求提供担保。

*

一种异样的紧张弥漫在空气中。

当维克和孩子们一起在厨房里玩跳棋的时候，赫尔穆特在看房屋的平面图。他噘起嘴唇，来回走着，好像感到有些不舒服。

房子好极了。乔琳德脱口而出。对面就是公园，离你们这里也不远。简直就是彩票的头奖，乐透中的数字六，嗯，也许不是六，但无论如何也是五。她正要滔滔不绝地讲下去，赫尔穆特把平面图放在桌子上，转了个身。他背着手站在窗前，头低垂到胸前。

乔琳德不言语了。

话不用说出来了。她求助地看着玛丽卡。姐姐的脸上呈现出严肃的悲哀。

为什么？她问。

为什么？他向她们转过身。因为必须有一个人打消你们头脑中的荒唐念头。

要是你一个人，那我还能容忍。他向玛丽卡转身说。可是你呢？他看着乔琳德，你过的是什么日子？三个孩子，不全是同一个父亲！和你的姐姐住在一起！没有男人！他火冒三丈，喘了口气。我不赞成。

乔琳德闭紧嘴唇。她看着玛丽卡，她一脸的无可奈何。

过来！她说着把玛丽卡拉到跟前。

然后，她们打开厨房门，叫阿达和乔恩，他们玩得正欢，不想走。

不要问，她咝咝有声地说，只管跟我来。以后我给你们解释。

维克的目光里没有丝毫惊异。

＊＊＊

阿达指着一摞纸箱子。可以全部扔掉。她说。这些纸箱子里装的都是玩具和小人儿书，特别小的东西，一小盒贝壳，一杯波罗的海海滩的沙子，她所有的布娃娃和布娃娃的小衣服及其全部化妆品。阿达好像要消灭童年生活的全部证明似的，好像她感觉到作为孩子本身压根儿就是一种痛苦似的。

乔琳德点点头。尽管如此，后来她还是让人把所有整理出来的东西都装上了车。

乔恩的房间里一切如旧。满地都是玩具。周围的纸盒子全倒空了。只要他想把什么包装起来，他总要先玩一番，然后就把应该收起来的事儿忘记了。

乔琳德也不得不割舍许多东西。搬家最好的一点就是可以修正以前的过分之处。她为什么需要十二条牛仔裤？她要二十六个果盘干什么？抛弃的清爽效果使她在周围的混沌中生活得更轻松。

在楼道里她的手机发出振动声。

屏上显示：*请回电话。妈妈。*

她已经不记得最后一次叫维克妈妈是什么时候了。很可笑。当然她不会再打电话了。最后一次打电话的时候，维克的声音几乎震耳欲聋。原因只是一张卡片。

*母权万岁！*乔琳德在那张卡上写道，并连同租赁合同副本一起放在一个信封里寄给了她们的父亲。

没有填写父亲的公民身份，她们也得到了那套房子。她和房东通一次电话就够了。她只是顺便说漏了那个男人的名字，说她正期待着他的孩子，估计还说了下次她的电影首映式邀请之类的话。

赫尔穆特看到卡片以后心跳加速，然后就受到了至少三重打击。接着他在床上躺了半天，晚上不得不让嘉布利艾勒医生来，医生说情况紧急，建议他去看心脏病科医师。这全都是因为她！虽然不能确定，但这能说明什么。乔琳德的行为很可怕！她应该设身处地地为父母亲着想。

赫尔穆特仅仅是表示了担心。

她确实尝试过让她父亲理解。而且她知道忧虑会引起什么后果。当阿达最后一次回来得太晚，而且因为她的电话打不通时，乔琳德先是把女儿抱在怀里，然后大声斥责，说一些她只想收回的话。

相反，赫尔穆特的担忧是另外一种方式。不仅是他说了什么，首先是他怎么说的。也许他觉得打消女儿们头脑中的荒唐念头能引起他的兴趣。在他的声音里，她听出了某种令人感到诧异、害怕的东西。

没有放松，她在收拾一个又一个箱子，没有发现陶尔本已经进来了。他带着一种傲慢的冷笑将已经签字的文件扔到她面前，文件允许她带着孩子一起搬家、申报更改住址并在新学校的合同上签字。也包括在将来每一件小事上她都需要他的同意。每次开家长会，每次医生的处理都必须得到他的允许。她将不会饶他。永远不会了。

她惊异于他未加抵抗的放弃。偶尔在剧院休息厅相遇就是为了这些事情，她会带着这些文件事先在那儿等一两天。

乔琳德年轻，那么年轻，以至于她获得了同情。但一次警告似乎一点儿用处也没有。她的热恋将使她对真实性失去敏感。

*

搬家那天来了一伙人帮忙。乔琳德指挥，吉拉带领朋友们把最后的东西收拾起来，孩子们监督，准备饭食并打扫清空的房间。运输家具的车下午离开柏林，傍晚时分，乔琳德、阿达和乔恩也早早地到达莱比锡。

玛丽卡在新房子里已经住了好几天了。赫尔穆特帮她搬的家，在那之前他们见过两次面。起初乔琳德对此有些恼怒，但她也不得不考虑实际情况。

玛丽卡早就跟在父亲后面跑了。那是一种绝望的奔跑。太早失去的东西是再也追不回来的。玛丽卡出生后的第一年与父母亲分开，直到乔琳德出生之后，赫尔穆特才发现小孩子也是需要父亲的。

妹妹感觉不到姐姐的痛苦，但她能设身处地地理解父母亲的冷漠。

她也常常把孩子丢在家里。为了在某个地方拍片，一走就是几个星期。一个保姆住在家里，阿达刚好三岁的时候第一次学骑车，当她重新下来的时候，竟然不会说话了。陶尔本安慰她并耐心地留下来陪她。第三天她又恢复了说话能力。可是乔琳德当时不在家。

她每次回来都要为重新赢得孩子们的信任而战斗。可是孩子们却无所谓，陶尔本大都懒散悠闲地坐在那儿，只顾在网上冲浪，晚上订外卖，早晨连燕麦粥也不会做，家务一团糟，而且常常忘记当天是什么日子。他在，而她不在。别的事情都无所谓。由于这种痛苦，他们与孩子们渐渐疏远了。在这种疏远中温暖也就自然减退了。

她登上台阶。阿达和乔恩从她身边跑了过去。玛丽卡站在楼上门口。可以闻到炒葱头和奶酪融化的味道。乔琳德拥抱了姐姐，然后跨过门槛，走进另一种生活。

＊＊＊

共同生活的头几天很快过去了，每天都是同样的忙忙碌碌。玛丽卡负责安排一切家庭事务，拆包、装满冰箱、把房屋弄得窗明几净。一旦涉及孩子的问题，她会恰当地回避。

但孩子们很快就主动地求助于玛丽卡。有一两次，乔琳德还试图寻找借口，但实际上她对姐姐每一次的帮助都心存感激。在搬家之后不久，乔恩就常常陪玛丽卡去音乐学校。在上了几次钢琴课和吹笛课没有什么结果之后，他自己决定学吉他。

阿达做家庭作业的时候只要玛丽卡帮助。乔琳德一看见两个孩子坐在厨房桌边读书就轻轻地走了出去。阿达只要有什么地方不理解，就会惊慌失措。在柏林她就多次发生过这样可怕的情况，当然，这个胆小的孩子后来的学习一点儿也不轻松。但像玛丽卡做到的那样，同一个问题讲解十遍还能完全保持心平气和，她觉得是一个谜。

晚上她们一起坐在厨房里。

她们一边交谈，一边试探着扩展话题。有时候，乔琳德觉得，她们好像不是生活在一个同父同母的家庭里似的。从前，玛丽卡的孤独感一定是没有边际的。

当日子太痛苦时，她们就停下来，去看电影。电影院成了玛丽卡的第二个家。她们相信自己良好的鉴赏能力，于是陌生的故事就叠加在她们自己过去的图像上了。

* * *

在4月的一个寒冷的夜里，莉莉出生了。

午夜之前，乔琳德开始感到典型的阵痛，她疼得几乎不能入睡。一个小时以来，她就在走来走去。从浴室走到过道的厨房，又回到浴室。每一次阵痛都使她感到肚子在下坠，稍微好一点之后，她又继续走。

维克已经知道。她已经在路上了。玛丽卡拿着一个包站在门口。阵痛以可忍受的间隔每十二分钟出现一次。还得再等一等。

在去医院的出租车上，玛丽卡抓住乔琳德的手。在去产房的路上，她成了乔琳德的休息处和支撑。她待在她身边。整整四个小时。当助产妇把莉莉放到乔琳德胸前时，玛丽卡哭了。

在莉莉出生后的几周里，乔恩是家里唯一的男性。几个女人身上蕴藏着一种尚未被定义的力量。乔琳德比前两次生育之后恢复得更快了。这个女人的圈子使她感觉良好。

她拒绝了维克的请求，不许赫尔穆特来看她。

玛丽卡为什么与父亲继续保持着联系，她不理解。也许她觉得失望极了。

电影开拍之日越来越近了，乔琳德考虑要不要把一切都抛开。她不想离开莉莉。她不愿意过高估计自己离开婴儿的能力。这一次她有机会正确地处理这件事。她心中的一切都在抵制一连几周离开的想象。回头看，她觉得原来要把孩子给玛丽卡的想法简直可怕至极。再想到那仅仅被当作一种补偿的时候，她不由自主地哭了，一天下午，她告诉玛丽卡，她不去出演艾尔莎·布鲁克曼这个角色了。

姐姐站在过道里。乔恩和她整个下午都在城里，她想看看能否为他选购一把合适的吉他。她手里拿着一只鞋，另一只鞋还穿在脚上。你在胡思乱想什么？她说。乔恩立刻躲进自己的房间。这是一个什么奇怪的想法？我们不是一切都说好了吗？

乔琳德抱着莉莉走来走去。她看着婴儿。我不能离开她。她说。

玛丽卡脱下第二只鞋，拉着她走进厨房。关上门之后，她们继续谈话，乔琳德一点儿也不反对姐姐理智的话语。是的：她是一个变化无常的人。她的决定常常建立在一时冲动的想法和感觉之上。拒绝接受银幕电影的第一个主角简直就是精神不正常。这辈子我早就把你看透了。玛丽卡说，我知道，你会后悔的。

*

在新电影开拍的那天，乔琳德被宾格的电话叫醒了。她看着一张张照片：莉莉一个人在早晨的照片，乔恩抱着她的照片，阿达抱着她的照片。哪一张照片上也看不见玛丽卡。她不喜欢照相。

也有晚上在家的生活照。大多数都是莉莉躺在自己的小床上，小床是她们在玛丽卡的房间里为乔琳德不在家时的情况组装的。

在所有的休息时间，她都带着吸奶器回到房间里吸奶，为了她回去以后还能继续喂奶。与她的同事不同的是，她不喝酒了，只要时间允许，她就睡觉。她工作起来比以前更聚精会神了。莉莉付出的代价应该是有充分理由的。

*

窗户是开着的。楼燕三五成群地飞过。菲利齐塔斯第三次在城里经历了5月。它跑了过来，喵喵叫着，看有没有猫食，然后它转身离开了厨房。估计是莉莉把它从玛丽卡身边吓跑了。莉莉喜欢猫，猫却不喜欢她。

乔琳德洗干净鸡胸脯并用厨房纸揩干。她想起在火车站告别时，阿达仅仅举了举手，没有再看她一眼就上了火车。她不想去。乔恩这一次也不想去，他最好的朋友过生日。但是，陶尔本与她之间该死的约定规定孩子们必须每两周去他那儿一次。去了之后，他们就坐在仅布置了一半的房屋的一个小房间里继续各干各的。陶尔本美其名曰自由。

最近一段时间以来，他在遵循一种神秘的生活方式。草药和香烟同时发挥着重要的作用。孩子们每一次从柏林回来时，不仅他们的衣服和头发，连他们的书包、头发刷子、练习本和动物玩具都散发着燃烧的木头、松脂和草药的臭味。所有能洗的东西她都立刻洗掉，最后还有孩子们本人。

起初，阿达总想回去。直到她在新的班级找到了新朋友才怒气渐消。很快她就拒绝每两周一次去柏林和陶尔本共度周末了。柏林的旧朋友很快就断了联系，她和弟弟在一个房间里窝着，让她感到无法忍受。

有一两次乔琳德让步了。她享受并看着孩子们怎样在玛丽卡和她一起创造的这种可靠结构中变得安静而又满足。但是，陶尔本让孩子们参加青年部的一般社会服务，一切又从头开始。他们每个星期五放学之后回家都要匆忙地收拾东西，乘电车去火车站，坐在一列火车里，被送进一个无规则、无固定吃饭时间，而且没有新朋友的世界里。星期天晚上，另外一列火车又把他们抛出来。这期间，乔琳德利用自己的影响斗争了很多天，当他们的关系再次稳定下来时，阿达和乔恩又重新登上火车。

她往研钵里擦了姜丝，加进蒜瓣、辣椒、姜黄素和胡椒，用杵捣碎。然后稍微煎了煎葱头，把酱放进热油里，倒入椰奶和肉片。

莉莉爱吃肉。每一种肉都爱吃。即使是肝，她也会很享受地吃下去。

大人都很羡慕莉莉。她永远不必离开了。她的父亲私下悄无声息地给着钱并不加干涉。等她长到足够大的时候，他也会随时尽力。

吃饭的时候，莉莉坐在玛丽卡身旁。

乔琳德的电话响了一下。吃饭时身边不得有技术器械，这个规定只对于阿达和乔恩有效。关于这件事的讨论很费劲，因为乔琳德不遵守。她斜视着玛丽卡，从裤子口袋里掏出手机，她看见一条信息：我已经到了。维克多官邸饭店。能快点过来吗？吻你。阿尔布莱希特。

她认识他是在莉莉出生之后拍电影的时候。他扮演胡戈·冯·霍夫曼斯塔尔①，她扮演艾尔莎·布鲁克曼②——出版人胡戈·布鲁克曼的妻子，慕尼黑沙龙女主人，后来成为希特勒的资助人。

电影不太成功，但幸运的是批评家只猛烈攻击糟糕的电影剧本。相反，乔琳德扮演的角色艾尔莎·布鲁克曼却获得异口同声的称赞。如果说还有什么能够拯救这部电影的话，那就是她了。如果说这部电影还值得一看，那就是她的缘故了。新闻记者则把她推上更高的层次。去看吧，

① 胡戈·冯·霍夫曼斯塔尔（Hugo Van Hofmanns thal，1874—1929），奥地利诗人、作家和戏剧家。

② 艾尔莎·布鲁克曼（Elsa Bruckmann，1865—1946）是一位家系古老的侯爵（血统可以追溯到拜占庭帝国）的女儿，嫁给了著名出版家胡戈·布鲁克曼。从1899年开始在慕尼黑办沙龙，一直开到1941年。许多显赫的政治家、经济学家、文学家、艺术家、工业家都是她的座上宾。

角色更有趣。

自从她和阿尔布莱希特一起工作以来，一种友谊就将他们联系在一起了，后来这种友谊就发展为身体的友谊。这是玛丽卡不理解的某种东西。

能，我立刻出发。她写完之后立即发了出去。

这时候，莉莉把蔬菜都推到盘子边上；她光吃肉。一个孩子一个样。阿达极其怪僻，也极其聪明，乔恩性格内向，对学校完全不感兴趣，只喜欢莉莉。她会咯咯地笑，喜欢音乐，趴在桌边卖力地大声咀嚼，好像她完全是为幸福而生似的。似乎没有任何东西会使她感到烦恼。她很少哭，睡得也香，她会非常理所当然地把所有新的东西据为己有。与莉莉一起躺一会儿并小睡一会儿的想象诱惑着乔琳德，但就在这时阿尔布莱希特又发来了一条信息：

香槟酒已经冰上了。快来！

我又得走了。她对玛丽卡说，你能带莉莉睡觉吗？

玛丽卡点点头并再一次警告她，以后的晚上她就不能照管她了。

知道了。乔琳德回答并亲吻了她们俩，表示告别。

事情并不简单。在调整日程时经常会产生必须考虑保姆的情况。玛丽卡的课主要安排在傍晚。有时候她们会因为整理家务和对教育的不同看法而发生争吵。但是，与陶尔本相反，玛丽卡时时准备商谈。与她取得谅解是容易的，而乔琳德事后绝不会感到被欺骗。

对于莉莉来说，玛丽卡无疑是最伟大的。她已会说第一个词语如*Geige*（盖格）——只是发不出两个G（格），然后，*Mama*（妈妈）和*Mali*（玛丽）是同时学会的。

有时候，玛丽卡会保持一点儿距离。当莉莉经常叫她的时候，会太多地缠着她时，她会小心翼翼地把小东西推开并说：去找妈妈。每个新季节开始时，她都会宣布共同居住的结束。第一次宣布时乔琳德以为是认真的，第二次宣布时她也被吓着了。

可是，玛丽卡仍然住在这儿。

在出租车里，她掏出小镜子，涂了睫毛，抹了口红。据她所知，现在她姐姐的生活中除了那个目光冷峻的男人之外没有别的男人。她回避这个题目。很少几次提及这个题目的尝试都消失在玛丽卡的沉默里。

她与贝特拉姆·韦斯豪普特一起去看电影或者听音乐会，让他请吃饭或者去近郊远足。但他们的关系好像与性无关而且没有确定关系。有时候他连续几个星期不出现，有时候每隔两天出现一次。他从未到她家来过，他对猫身上的毛过敏。玛丽卡也不喜欢他的短毛狗，所以她同样也不去他家。

出租车停在饭店前面。

夜班快乐。出租车司机调侃时眨了一下眼睛。她明白过来时，他早已开车走了。

阿尔布莱希特正在大堂里等着。他站在大堂正中，向她微微一笑。她喜欢他的自信。缺乏自信的人她不感兴趣。他们乘电梯到达四楼，话不多。在房间里，他当着她的面做了艾滋病病毒快速检测。他在伦敦生活了半年，每个药店里都有这种东西。

乔琳德拒绝了。*我不需要做什么检测*。她说。

他不相信地皱了皱眉头。*几乎已经过去四个月了*。

嗯，她耸了耸肩，*那你更应该经常来呀*。

阿尔布莱希特抚摸着她的脸颊，然后倒了两杯香槟酒并立刻把自己那杯一饮而尽。

他的检测呈阴性。

他们开始脱衣服，各人脱各人的，但目光都看着对方。在他身体的中心，她发现了明显的想要她的自信。

她老了，两只胳膊和后背上的文身变得苍白而且扭曲了，她曾几十次地感到后悔莫及。她的臀部和大腿组织上布满了疤痕，但阿尔布莱希特好像并不觉得有什么妨碍。他使她感到满足，以前没有一个男人能像他这样。而她并不爱他。她只向一个她不爱的男人承认隐藏在她内心最深处的愿望。

*

第二天早晨，她打的回家。与阿尔布莱希特的这次会面使她感到周围的一切都变得陌生了，而她觉得自己移动起来也同样像一个陌生人。她任由司机开着车，并用一个旅客的眼睛观察这座城市。

玛丽卡和莉莉不在家。

这就给了她一点儿自己的时间。变回原来的样子——就像一只蝴蝶被迫回到茧里去并重新呈现出苍白的颜色那样——是一种耗费精力的变形。

乔琳德对玛丽卡不认识这种分裂表示怀疑。对她来说，成为母亲是容易的。但生活不是这样上演的。

当她还站在喷头下面淋浴时，莉莉已经跑了进来，她将儿童马桶座圈放在成人马桶座圈上。然后，她褪下连裤袜，把小板凳从洗手盆下面推到马桶跟前，爬了上去。阿达和乔恩在她这个年龄可没有这么独立。

全都摆对了吗？玛丽卡大声问。

是的。乔琳德回答道，她已经坐在马桶上了。

你们俩去哪儿了？她擦干身子，穿上衣服之后问道。

去游乐场了。你去哪儿了，如果可以问的话？你原来想整夜都不回来，我可没察觉到。

玛丽卡！我还年轻。有时候我需要——

小心！玛丽卡说。

莉莉已经跑进厨房。她拉着小提琴盒，摔倒在她面前。

这儿你又多了一个女学生。乔琳德说，此刻，玛丽卡正在检查小提琴摔坏了没有，并用严厉的口吻对莉莉说：你应该小心。这是我的小提琴，莉莉。不是你的。是我的。

是我的。莉莉重复道。

她不能这么随便地将一把两万欧元的小提琴在地板上

拉着玩。玛丽卡摇着头说。

乔琳德听得仔细。

你从哪儿弄来的？她问。

我的小提琴吗？

不，两万欧元。

当时父母亲给了一万五千。她犹豫了一下说。

她的目光泄露了良心上的不安。这样一个数目乔琳德从来没有得到过。父母亲到底怎么想的？所有的演员都很富裕吗？杂志图片上穿的漂亮衣裳都是租的。一件漂亮的晚礼服租金是三百欧元。加上首饰、化妆、发型和出租车，一个盛大晚会的花费就是五百欧元。展示自己是必须的。她必须与人保持接触并建立新的联系，而这一切之外还要养三个孩子。那些最有成就的女同事要么没有孩子，要么最多一个孩子。

莉莉抱住她的腿。她把这称为树袋熊游戏。乔琳德必须和她一起走过房间，因为小树袋熊也趴在母亲身上。她们在动物园里看见过。她们围着饭桌转了一圈，然后母亲温柔地把莉莉抖落下来。

此外，玛丽卡说，维克托利亚打电话来了。

她说什么？

一个月后，赫尔穆特和乐团一起做最后一次演出，他想让我们参加他的告别演出。希望你也能去。

乔琳德摇了摇头。

玛丽卡说，这个城市太小了，很难持久地避而不见。但这也不一定。他们的路没有交叉，她也不打算为此做任何改变。

自从那天他拒绝填写公民身份以来，她不再和她父亲说话了。迄今已经过去了两年多。两年什么也不干会比两年一直做事情显得更长。爱因斯坦有更好的解释，但她也知道，时间不是恒定的伟大。

然而，孩子们依旧定期去看外祖父母，并且喜欢他们。尤其是阿达很重视这种接触。有时候玛丽卡也带着莉莉。

离开乐团之后赫尔穆特想热心参与政治。他想象着自己将要走的方向。缺少的只是竞选某一个职务，可以看见他的头像出现在宣传画上，头像下面有他的名字。后来陶尔本见人就说她是谁谁的女儿。早在她扮演艾尔莎·布鲁克曼时，他就嘲讽地说，她太适合这个角色了：一个纳粹的女儿扮演阿道夫·希特勒的女资助人。

有时候，她为曾经和陶尔本在一起而感到羞愧。

有时候，她想不起来赫尔穆特到底为什么应该向她道歉。仔细地琢磨一下，很可能只是语调不对。也许只是因为她太长时间没再和他说话才不和他说话的。

莉莉一次又一次地尝试着要进入玛丽卡的房间。

莉莉也想进来。她纠缠不休地说。乔琳德掐住莉莉两边的胳肢窝，把她抱进自己的房间。在那儿，她在床上疯闹了片刻，趁乔琳德稍不注意，又一溜烟地跑进过道，向玛丽卡的房门冲去。乔琳德套上一件外衣，抓住莉莉，出了家门。

莉莉喜欢小三轮车。她坐在前面的车厢里，里面铺着毛皮，后面有一个靠枕，手里抱着一个土地神玩具动物。

从罗森塔尔方向吹来一股野韭菜的苦涩味道。在野韭菜开花之前，她们经常去树林里采集鲜嫩的野韭菜，会一连吃好几天，玛丽卡爱吃这种野菜，简直没够。

在罗森塔尔的一大片草地上转了一圈之后，她们拐进树林。乔琳德仍然喜欢靠近水的地方。她们过了白喜鹊河和帕特农英雄雕像，最后沿着新运河旁边的自行车道向前骑。到了奥恩湖畔，她把车锁上，坐上了公园小火车——这是一种窄轨铁路，以前叫作少先队铁路。火车头喷出蒸汽，她们乘坐小火车沿湖转了一圈，然后又坐上脚踏游船在水上滑行了一会儿。游船看起来像一只只巨大的天鹅。莉莉半天说不出话来。她张着嘴，指着天鹅，而乔琳德忽然产生了一个想法，当人们对任何东西都不感到惊异时，死亡一定不远了。

*

星期天，从柏林来的火车晚点四十分钟。

乔恩先走下车。

阿达呢？她害怕地看着他。

她坐在别的车厢里。

一会儿，她看见女儿远远地站在后面的站台上。她背着自己的双肩包，故意慢腾腾地走过来。爸爸是个笨蛋。她用这句话代替问候。她把头靠在乔琳德的胸前，让她拥抱。

她出现时的邋遢样子又有新的发展。她脚上穿的是白色耐克牌长袜和阿迪达斯牌旧鞋，细腿上穿的是一条肥大的慢跑运动裤。乔琳德正想问阿达，可她已经把耳机拉到头上，扬长而去了。

发生什么事情了？乔琳德问走在身边的乔恩。

他垂头丧气地说：我们不应该再去看外公外婆了。

她站住了。这个他决定不了。

他说，他能。

为什么？

因为外公对阿达说过，如果一伙阿拉伯人向她迎面走来，她应该先走到大街的另一边去。

乔琳德呻吟了一声。

很遗憾。她说，这个我来解释。

在有轨电车上，阿达拿下耳机，直截了当地问：爸爸能决定我是否可以去看外公吗？

不能。乔琳德回答，你有权利去看望你的外公。

她显然感到满意，于是又全身心地听她的音乐去了，乔琳德只听到一个简短的序曲。如果她没听错的话，应该是巴赫的大提琴套曲1号，阿达有些神秘。

玛丽卡在家里已经等得不耐烦了。她已经为今天晚上去听在附近某小镇的室内音乐会化了妆，穿好了衣服。

站在我们楼前的是韦斯豪普特吗？乔琳德问，同时准备抱起莉莉，此刻她正在向她快速跑过来，她好像一点儿也不怀疑可以稳稳地扑到妈妈怀里似的。那个动作的冲力足以让她们一起旋转几个圈。

是的，他开车送我去。玛丽卡说。

然后，她转身对着阿达和乔恩，问他们周末过得怎么样。

我再也不去他那儿了。阿达说。

那我也不再去了。乔恩接着说。

玛丽卡停住了并询问地看着乔琳德。乔琳德摆了摆手。现在你该走了，这个我们明天再说。

玛丽卡点点头。莉莉跑到楼梯间，用最大的嗓门向下面喊：再——见！

*

次日清晨，孩子们都出门以后，乔琳德煮了茶，安静地吃着早点。姐姐还在睡觉。她回来得很晚，已经过了午夜。乔琳德清醒地躺着，听见门被撞上了，她问自己，玛丽卡可能会以什么样的方式和那个目光冷漠的人告别。

当她稍后探头往里看、咕哝着说了声早安并走进浴室时，电话第一次响了起来。经纪人的电话。又有两个新角色。其中一个很有意思：扮演瑞典女画家希尔玛·阿夫·克林特[1]。有利的是：主角。不利的是：没有人知道希尔玛·阿夫·克林特是谁。

电话刚放下又响了起来。这一次是青年部打来的。陶尔本要求改变交往权。谈话日期约定在两周后的今天。

那天不行。乔琳德说，那天我已经约定谈关于电影的事情。

那就再推迟一周，周三上午行吗？

她翻阅日历本。遗憾，那时候我要去汉堡拍电影，连续两天。

他清嗓子的声音清晰可闻。阿姆欣克夫人，如果您把自己的利益放在您孩子的幸福之上——

孩子的父亲不支付抚养费。我必须去工作，去挣钱。

也许是这样，但是，孩子的父亲付出了时间。他跟我说，他能随时赴约。

乔琳德的愤怒在上升。这个星期根本没有时间了吗？

---

① 希尔玛·阿夫·克林特（Hilma af klint，1862—1944），瑞典抽象画画家。

当然，我想尽快地澄清这件事。

她听见翻纸张的声音，然后那个人说：明天上午有人取消约定。

好极了。她回答，您给我的前夫打电话了吗？

放下电话时，她感到一阵恶心。

*

夜里，莉莉突然哭了起来。她摸了一下，感觉很烫。乔琳德首先想到的是约会。陶尔本会来。如果取消约会，记录上又将增加一个减号。体温表显示38.9度。她轻轻地走进厨房，看了一下她们的共同日程。玛丽卡要去看牙科医生，没有时间。她可以给维克打电话，但她不愿意。她弄了一块湿毛巾回到莉莉的房间，放在她的前额上降温，并躺在她身边。时间快凌晨一点半了。

快3点的时候，她给孩子喝了一点儿退烧糖浆，半小时后她们都睡着了。

差十分6点，闹钟响了起来。

她不得不叫了乔恩三遍，他才起床。今天谁送我去上吉他课，玛丽卡还是你？他问，同时喝了一口可可。乔琳德看了看女儿。

我不行！阿达说，他不能自己去吗？就两站地，妈妈，走五分钟就到了。

乔琳德转身问乔恩。你行吗？

行是行，他嘴里含着东西说，但我不想自己去。

她坐到他身边，用手摸着他的头。这时候，她的目光才落到阿达的连帽衫上——胸前印着一行英文：*there is a fuckin' idiot staring at me*（有一个该死的白痴盯着我）。阿达冷笑着，转过身背对着乔琳德——安静地盯着我。

你从哪儿弄来的？她问。

爸爸给的。

告别时她吻了孩子们，并一个个地说：我很爱你。自从一个女友的女儿在上学的路上被一个流氓抓住并杀害了以来，她们就有了这样一种礼仪。别的家庭在争吵中分崩离析。现在滚吧！曾经是母亲对自己的孩子说的最后一句话。

7点了，她才坐在早餐桌边喝了一杯浓浓的黑咖啡并问自己，阿达、乔恩和莉莉能否在路上不受伤害地度过他们的童年？他们将来能否健康地长大成人？所有的成年人都会根据各自受损害程度的不同或多或少地在这个世界上酿成祸害。

然后她想到玛丽卡。想到她的姐姐小时候多么愤怒，多么倔强而又安静。她爱的唯一的男人怎样欺骗她并离开了她。直到今天玛丽卡都不愿意提起。在那个男人的作坊门槛上，父母亲找到了她并把她送进医院。直到她在那儿每天早晚吃药之后坠入冷漠，她才忘掉葛兹。

现在，在可以锁上的浴室柜子里还有治疗抑郁症的药品喜普妙[①]，也许是它提高了血清素，也许是血清素拯救了玛丽卡的生命。

*

陶尔本居高临下地看着她。那种令人不安的自信犹如冷笑写在他的脸上。他有的是时间。每过两周他就提出一个新的要求。她不得不深入研究这种要求，所以每见一次面，她对他的恨就增加一分。

在调解室的桌子上放着一瓶水、两个杯子。陶尔本

① 喜普妙（Cipramil/Citalopram，氢溴酸西酞普兰片），SSRI 类抗抑郁药。可用于治疗抑郁性精神障碍（内源性及非内源性抑郁）。

只给他自己倒了一杯。他一口气把水喝完，把杯子猛地一放，就开始轻轻地吹起口哨。他好奇地看着莉莉。她紧紧地依偎在乔琳德怀里，把大拇指放进嘴里。

我们今天应孩子父亲的要求坐在这儿，名字以字母A开始的当事人的顾问库摩尔先生说，问题涉及阿达·阿姆欣克和乔恩·阿姆欣克两个孩子。他拿起笔，把一张白纸铺平，鼓励地对陶尔本点点头。陶尔本先生，请。您可以说了。

乔琳德听到的好像是经过一位律师修改并包含对每一条反驳的回答。他做了充分的准备。

理由很简单。他和他的新女友正期待一个孩子，并且想把阿达和乔恩完全要回来。与乔琳德不同，他要给孩子提供一个稳定的家庭结构——有父亲、母亲、孩子和一个新的小妹妹。与乔琳德的父亲不同，他的父母亲将不会让孩子受右翼宣传污染。当他画了一张她父亲的画时，她能在他的眼里看到某种快意。那张画表明他与赫尔穆特的关系，和真的陶尔本与坐在她面前的演员的关系差不多。他不希望孩子们与那个男人有任何进一步的关系。

她正要表示异议，库摩尔插话道：我们这里进行沟通不使用武力，阿姆欣克夫人。就是说，每个人都可以把话说完。

我必须脱离这个姓，她想。与此同时，陶尔本又继续说起来，库摩尔卖力地记录着。

与乔琳德不同的是，陶尔本是忠实而且可信赖的。他想提醒，在场的这个莉莉是她出轨的结果。估计乔琳德还在经常欺骗他，而他不能想象他的前妻会改变自己的生活作风。他已经带着沉重的心情满足她两年之久了，可是，只作为周末爸爸，他觉得太少了。

莉莉从母亲怀里挣脱出来。她在房间里跑来跑去并从桌子上拿了一个打孔机。好了，没有问题了。库摩尔先生说。

乔琳德的头脑里许多念头在叮当作响。突然她想起陶尔本的威胁。当她因为他不付生活费而申请生活补助时，他曾经给她打电话。国家又从我这里要回了全部该死的生活费补助，他曾经大吼，我不断地收到官方的信件！

他们也是你的孩子，她回答道，你应该感到高兴，国家承担了你的义务。

他曾经幸灾乐祸地大笑并挂断了电话。过了一会儿，他再次打来电话。他十分平静地说：你会后悔的。

库摩尔询问地看着她。阿姆欣克夫人，他用治疗师的语调说道，如果孩子持久地和阿姆欣克先生生活在一起，您能够想象吗？

在等待她的回答时，他教莉莉怎样使用打孔机。莉莉兴高采烈地开始在一个练习簿的封面上打孔。乔琳德清了清嗓子说道：阿姆欣克先生一次也没有支付过孩子们的生活费。对此他是怎么想象的呢？

陶尔本微笑了。这个问题在事后已经没有必要去想象了。他反驳道，尚未支付的生活费我们可以计算一下，看看我的前妻必须支付给我多少。

她盯着他。你问过孩子们怎么想吗？他们不想到你这儿来了。他们压根儿就不想再到柏林来了。

他把身子向后一靠，交叉起两臂。你姐姐能取代他们的父亲吗，怎么取代？

库摩尔先生把笔往旁边一放，做出一个抚慰的手势。这里只涉及孩子们的幸福。

孩子们感觉很好。乔琳德说，我拒绝阿姆欣克先生的建议。

有一瞬间她相信，她在库摩尔先生的眼睛里看见他松了口气。要是他站在她这一边，该诅咒的阿姆欣克早躲起来了。

陶尔本的脸抽搐了一下。那我们就法庭上见吧。她感觉到他的愤怒。他还说了几个刺激的词语，那根忍耐的细丝断裂了。库摩尔不会喜欢陶尔本了。

莉莉显然已经打了足够多的孔。她在看库摩尔先生写字台上还有什么好玩的，然后她拿着一个涂改带爬回乔琳德的怀里。她的前额又热起来了，她的眼睛里闪耀着激动不安的光。

我们到此结束吧。乔琳德说，我的女儿病了。

她抱起莉莉告辞。陶尔本只向她点了点头。

这件事儿，他说，还远没有结束！

玛丽卡等在外面。汽车是她向那个目光冷漠的人借的，她甚至想到了儿童座椅。她的面颊左边肿了起来。拔了一颗牙。她耸耸肩咕哝道。

乔琳德把莉莉放进汽车，系好安全带。他要上法庭。她轻声说，我不知道，我是否能挺住。

像往常一样，玛丽卡的拥抱总是那样软弱无力，好像她想避免真正的身体接触似的。然而她的话又在抵制这个印象。你不是一个人在坚持。她说，我在你身边。

然后，她没再说什么就驾驶着汽车在车水马龙的街上穿行了。在下一个红灯处，乔琳德转身看着莉莉。黑色的鬈发粘在她的前额上，眼睛半睁半闭。她不止一次地被当作玛丽卡的女儿，玛丽卡每次都亲自解释，这是一个错误。

到家以后，她们一起躺到玛丽卡的床上。莉莉躺在她们之间。乔琳德看着姐姐，她吃了一片止痛片，看起来好像也睡着了似的。

她能想象，要这样生活很长时间了。

* * *

那是复活交响乐。马勒的第二交响乐。

赫尔穆特为此而感到幸福。最后一次站在舞台上。五个长乐章。一个半小时宏伟壮丽的音乐。

令人惊讶的是孩子们没有抗议。阿达要钱，她想为这个机会买一件连衣裙。乔恩说，他也可能会成为一个音乐家。她们说，那你必须为此好好练习，对此他不予理睬。

她脑子里短暂地闪过一个念头，她甚至该带着莉莉。她才两岁！玛丽卡转动着眼珠说道，一场马勒的交响乐音乐会，她去干吗?

当然，他们得到了大厅楼上中间最好的座位。当快板——葬礼——开始时，维克抓住乔琳德的手。在演奏到第五乐章复活时，她从眼角擦掉了几颗泪珠。

乔琳德从不喜欢马勒。她认为太浮华，太多进行曲的特征，太多乐器。对于听觉来说过于苛求，这使她感到疲倦。她坐在这里仅仅是为了父亲。

音乐会结束了，掌声慢慢停息之后，乐团指挥讲话。他请大提琴手赫尔穆特·诺特上台，他感谢这位杰出的音乐家为乐团的声乐部分提供了几十年忠诚的服务并鼓励听众给他最后一次掌声。然后，一个手捧鲜花的姑娘快步上台献给赫尔穆特一束鲜花。不到一分钟，大多数听众都从座位上站了起来，拥向各个出口。

情况就是这样。

*

他们在家里，准备好香槟酒和小点心，等候赫尔穆特归来，一起碰杯。

然后，维克把乔琳德之外的其他人都轰了出去并关上大门。

赫尔穆特的两只手插在裤兜里，两腿叉开如肩宽。脑袋像往常一样微微低下，但他的目光直盯着她。

乔琳德慢慢地向他走了过去。

致谢

菲利普·凯尔和第欧根尼出版社的同事们应该得到我的感谢，包括在各州旅行并为我们全力以赴的代理人。他们全都以令人倾倒的真诚接待了我。我感到像回家一样，虽然这是我在第欧根尼出版社出版的第一本书。

我也感谢女编辑卡蒂·赫尔茨诗，她以不可动摇的热情站在我这一边。多亏了她的帮助，这本书才得以出版。

写一本书首先需要时间。为此我要感谢为我创造时间的人，我的母亲，苏珊·贾波尔，蕾娜·文格尔特，莱内·施唐格和爱丽莎白·霍勒尔。没有她们的帮助，许多事情会更困难或不可能。

史台凡·高利普尔促赫以多种方式帮助了我，以至于我不可能一一列举。他对我的能力的信任和他的爱组成了一切得以生长的基础。

我也想感谢我的女儿克拉拉。她对美好结局的偏爱对我不是没有影响。

一切都是和坦雅·格拉夫一起开始的，她的出版社出版了我最初的两本书。估计没有她我的书可能一本也不会出版。

对我来说，克里斯多夫·邵厄尔、维克多·弗洛姆、吴石·莱纳尔、比尔卡·桑塔克、达尼·维兰德、以弗·埃贝勒、埃格尔特·匹赤、安克·泰纳特和弗兰克-米夏埃尔·克罗舍都是赋予我灵感的谈话伙伴、专业的咨询者和心理助手。

我还要感谢卡嘉·克洛泽-索尔涛、希尔维亚·科罗纳贝格、微欧拉·格兰德克、曼努埃拉·施密特和安娜·韦伯，感谢你们在这近一年半时间里的理解和耐心。

图书在版编目 (CIP) 数据

纵身一跳 / (德) 达尼艾拉·克里恩著 ; 李士勋译
. -- 北京 : 北京十月文艺出版社，2022. 2
ISBN 978-7-5302-2190-7

Ⅰ. ①纵… Ⅱ. ①达… ②李… Ⅲ. ①长篇小说—德国—现代 Ⅳ. ① I516.45

中国版本图书馆 CIP 数据核字 (2021) 第 173178 号

著作权合同登记号 : 图字 : 01-2021-5392

纵身一跳
ZONGSHEN YI TIAO
[德] 达尼艾拉·克里恩 著
李士勋 译

出 版 北 京 出 版 集 团
北京十月文艺出版社
地 址 北京北三环中路 6 号
邮 编 100120
网 址 www.bph.com.cn
发 行 新经典发行有限公司
电话 (010) 68423599
经 销 新华书店
印 刷 北京盛通印刷股份有限公司
版 次 2022 年 2 月第 1 版
2022 年 2 月第 1 次印刷
开 本 850 毫米 ×1168 毫米 1/32
印 张 10.5
字 数 170 千字
书 号 ISBN 978-7-5302-2190-7
定 价 59.80 元
质量监督电话 010-58572393
如有印装质量问题，由本社负责调换。